U0136451

新しん

Japanese Language Proficiency Test

N3

日本語能力試験対策
にほんごのうりょくしけんたいさく

聴解篇
ちょうかいへん

大新書局　印行

この本で使用しているマーク

 CD1のトラック45を聞いてください

↔ 反対の意味

❶ 注意しましょう

☞ p. X Xページを見てください

_____ (=○○○) ○○○は下線部の言い換え

はじめに

この本は
▶ 新しい「日本語能力試験」N3 合格を目指す人
▶ 初級を終えて、中級に進むための力をつけたい人
▶ 日常的な話が聞き取れるようになりたい人
のための学習書です。

◆この本の特長◆

・第1章では、聞き取りの練習をするときに、間違いやすい発音や文法などの基本的な練習をします。少し長い話を聞く前の準備になります。

・第2章では、新しい「日本語能力試験」の問題パターンについて、例をあげて解説してあります。練習問題を解きながらパターンに慣れましょう。

・第3章と第4章では、いろいろな場面や内容について、日常生活でよく聞く表現を覚えましょう。

・各章の「まとめ問題」で理解の確認ができます。

・第5章の「総まとめ問題」は模擬テストのつもりでやってみましょう。

・難しいところに中国語・英語の訳がついているので、一人でも勉強できます。

では、楽しく勉強しましょう！

2011年8月
佐々木仁子・松本紀子

本書是專為以下學習者編撰的聽解學習書。
▶ 希望通過「日本語能力試験」N3 的人。
▶ 學完初級，希望儲備實力邁向中級的人。
▶ 想聽懂日常會話的人。

◆本書的特色◆
・第1章，練習聽力時，著重練習容易出錯的發音或文法等基礎內容。為聽懂稍長的內容做好基礎準備。
・第2章，針對新「日本語能力試験」的問題形式，舉例進行解說。在解題的同時逐漸習慣出題形式。
・第3章及第4章，掌握日常生活中各種場景、內容常用的表達方式。
・透過各章中的《統整練習題》確認自己的理解程度。
・第5章的「綜合練習題」可模擬正式考試進行自我測試。
・較難的地方附有中文、英文的翻譯，方便自學。
那麼，讓我們快樂地學習吧！

This book is a learning tool that targets:
▶ Individuals aiming to pass Level 3 of the new Japanese-Language Proficiency Test (JLPT).
▶ Individuals that have mastered the basics and want to take the next step towards intermediate Japanese.
▶ Individuals seeking to understand everyday conversation.

◆Main features of this book◆
・The first chapter of this book serves as stepping stone designed to sharpen your listening comprehension and help you tackle longer passages. It covers words and sounds that are often mispronounced and introduces fundamental items of grammar.
・The second chapter describes the different question patterns that appear on the new JLPT. Work your way through the practice questions and master each pattern.
・The third and fourth chapters cover different situations and contexts designed to help you learn the words and expressions commonly used in everyday life.
・The section "Review Drills" at the end of each chapter lets you gauge how well you understand the material.
・The "Comprehensive Review" in the last chapter simulates the actual JLPT. Practice answering all the questions to see if you're ready to take on the real test!
・This book provides added explanations in Chinese and English for words and concepts that are difficult to understand, making it the perfect companion for independent study!
Best of luck in your studies!

目　次
もくじ

新しい「日本語能力試験」N3について

<ruby>新<rt>あたら</rt></ruby>しい「<ruby>日本語能力試験<rt>にほんごのうりょくしけん</rt></ruby>」N3について

關於新「日本語能力試驗」N3　About the New Japanese Language Proficiency Test (JLPT) Level N3

※ この内容は、『新しい「日本語能力試験」ガイドブック概要版と問題例集 N1, N2, N3 編』（独立行政法人
　国際交流基金、財団法人 日本国際教育支援協会）の情報をもとに作成しています。

❖ 試験日

年2回（7月と12月の初旬の日曜日）

※ 海外では、7月の試験を行わない都市があります。

❖ レベルと認定の目安

レベルが4段階（1級～4級）から5段階（N1～N5）になりました。

| 2級 |
| 3級 |

N3　旧試験の2級と3級の間のレベル

N3の認定の目安は、「日常的な場面で使われる日本語をある程度理解することができる」
です。

❖ 試験科目と試験時間

N3	言語知識（文字・語彙）	言語知識（文法）・読解	聴解
	（30分）	（70分）	（40分）

❖ 合否の判定

「得点区分別得点」と、それらを合計した「総合得点」の二つで合否判定を行います。

得点区分ごとに基準点が設けられており、一つでも基準点に達していない場合は、総合得
点が高くても不合格になります。

得点区分

N3	言語知識（文字・語彙・文法）	読解	聴解
0～180点	0～60点	0～60点	0～60点

総合得点　　　　　　　　　　　　　得点の範囲

●●◆N3「聴解」の問題構成と問題形式
ちょうかい もんだいこうせい もんだいけいしき

大問 だいもん		小問数 しょうもんすう	ねらい
課題理解 かだいりかい	◇	6	まとまりのあるテキストを聞いて、内容が理解できるかどうかを問う（具体的な課題解決に必要な情報を聞き取り、次に何をするのが適当か理解できるかを問う）
ポイント理解 りかい	◇	6	まとまりのあるテキストを聞いて、内容が理解できるかどうかを問う（事前に示されている聞くべきことをふまえ、ポイントを絞って聞くことができるかを問う）
概要理解 がいようりかい	◇	3	まとまりのあるテキストを聞いて、内容が理解できるかどうかを問う（テキスト全体から話者の意図や主張などが理解できるかを問う）
発話表現 はつわひょうげん	◆	4	イラストを見ながら、状況説明を聞いて、適切な発話が選択できるかを問う
即時応答 そくじおうとう	◆	9	質問などの短い発話を聞いて、適切な応答ができるかを問う

◇旧試験の問題形式を引き継いでいるが、形式に部分的な変更があるもの
きゅうしけん　もんだいけいしき　ひっ　　　　　　　　　　けいしき　ぶぶんてき　へんこう

◆旧試験では出題されなかった新しい問題形式のもの
きゅうしけん　　しゅつだい　　　　　　あたら　　もんだいけいしき

試験日、実施地、出願の手続きのしかたなど、新しい「日本語能力試験」の詳しい情報は、
しけんび　じっしち　しゅつがん　てつづ　　　　　　　　あたら　　にほんごのうりょくしけん　　くわ　じょうほう
日本語能力試験のホームページ http://www.jlpt.jp をご参照ください。
にほんごのうりょくしけん　　　　　　　　　　　　　　　　　　さんしょう

關於新「日語能力試驗」N3

※ 本內容根據「新『日本語能力試驗』指南概要版與問題例集 N1、N2、N3 篇」（獨立行政法人國際交流基金、財團法人日本國際教育基金支援協會）所公佈的資訊作成。

◆ 考試日期

一年兩次（7月與12月上旬的星期日）

※ 部分海外都市 7 月不舉辦考試。

◆ 等級和認定標準

等級由 4 個階段（1 級～4 級）增至 5 個階段（N1 ～ N5）。

N2 的認定標準為「能夠理解日常生活中使用的日語。此外，對更廣泛場合中使用的日語也能有一定程度的理解」。

◆ 考試科目和考試時間

N3	言語知識（文字・語彙） げんごちしき もじ ごい	言語知識（文法）・読解 げんごちしき ぶんぽう どっかい	聴解 ちょうかい
	（30 分） ぶん	（70 分） ぶん	（40 分） ぶん

◆ 合格與否的判定

合格與否的判定將以各「得分科別基準點」和「總分」兩個標準來判定。

各得分科別均設有基準點，即使只有一個得分科別的分數未達到基準點，那麼不論總分有多高，也會判定為不合格。

得分科別

N3	言語知識（文字・語彙・文法） げんごちしき もじ ごい ぶんぽう	読解 どっかい	聴解 ちょうかい
0 ～ 180 点 てん	0 ～ 60 点 てん	0 ～ 60 点 てん	0 ～ 60 点 てん

總分　　　　　　　　　　　　　　　　　　得分範圍

●◇N3「聽解」的試題構成和試題形式

大題		小題數	目標
理解課題	◇	6	聽有條理的文章,測驗能否理解其內容(聽取解決課題所需的具體資訊,理解下一步該做什麼)
理解重點	◇	6	聽有條理的文章,測驗能否理解其內容(根據事前提示,聽取文章中的重點)
理解概要	◇	3	聽有條理的文章,測驗能否理解其內容(從整篇文章中理解說話者的意圖和主張)
發言表達	◆	4	看圖聽情況說明,測驗能否選出合適的回應
即時回應	◆	9	聽簡短的發言,測驗能否選出合適的回應

◇承繼舊制考試,進行了部分變更的題型

◆舊制考試中未出現的新題型

考試日期、舉辦地點、報名手續辦法等新「日本語能力試驗」之詳細資訊,
請參照日本語能力試驗官網 http://www.jlpt.jp。

この本の使い方
ほん　つか　かた

本書的使用方法　How to use this book

◆ 本書は、第１章から第５章まであります。短い文の聞き取り練習、問題パターン別の練習、場面別、内容別の聞き取り練習で基礎固めをして、最後の総まとめ問題で聴解対策の仕上げができます。

本書分為第１章到第５章，分別透過短句的聽力練習、不同問題形式的練習、不同場景與內容的聽力練習鞏固基礎，再透過最後的綜合練習題完成應考前的準備。

This book is divided into five chapters. In these chapters you will practice understanding short passages, learn to recognize the question patterns on the test, and improve your listening comprehension of different situations and contexts. After mastering the fundamentals, you can reinforce your listening skills by working through the comprehensive review at the end of the book.

第１章

◇ このページの重要ポイントです。最初に読みましょう。

本頁的要點。請先仔細閱讀。

The main points of this page are listed here. Make sure to read these points first.

◇ それぞれ短い文や会話で聞き取る練習をします。

透過各種短句及會話練習聽力。

This page contains listening exercises designed to improve your understanding of short passages and conversations.

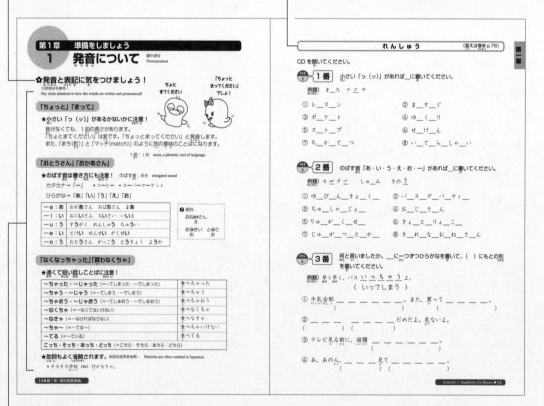

◇ 間違いやすい発音や、受身、敬語などの難しい文法などに絞って、注意すべき項目を学びます。

著重於學習容易出錯的發音或被動、敬語等較難的文法，學習應注意的項目。

Key items to be learned are listed here, such as the passive voice, keigo (polite expressions), difficult grammar concepts, and easily mispronounced sounds.

◇ 問題用紙に選択肢が印刷されているかいないか、説明や質問が事前にあるかないかなど、問題の流れとポイントを確認できます。
問題用紙中是否印有答案選項、是否事先有說明或提問，可透過此欄確認問題的流程及要點。
This section introduces the main points of each question pattern and describes the basic flow, such as whether the answers are printed on the question sheet and if an explanation or question is read beforehand.

◇ 注意すべき表現や、解くときのポイントを押さえましょう。
掌握需要注意的表達方式及解答的要點。
Memorize key expressions and pick up useful tips for answering the different questions.

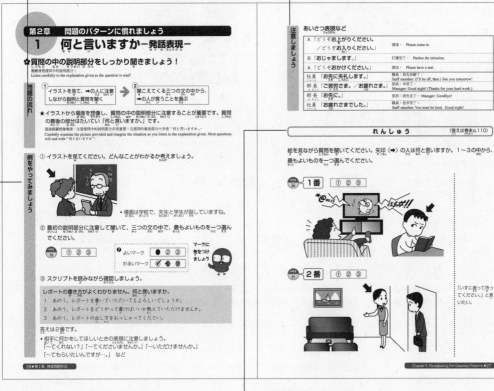

◇ 流れに沿って、例題を解いてみましょう。答えをマークしたら、スクリプトを読んで、理解できたかチェックをします。
請按流程解答例題。畫好答案之後再閱讀問題原文，確認是否已理解。
Follow along and try to answer the example question provided. After filling in your answer, read through the script to check your comprehension.

◇ 練習問題で、問題のパターンに慣れましょう。
透過練習題習慣出題形式。
Work through the practice questions to familiarize yourself with the different patterns that appear on the test.

◇ 問題を解くのに役立つヒントがあります。
附有幫助解題的提示。
Don't forget to look here for tips on how to answer the questions!

◇ 場面別、内容別に、日常生活でよく聞く表現を覚えましょう。

牢記日常生活中有關不同場景、不同內容，經常聽到的表達方式。

Master the expressions commonly heard in everyday life by learning to identify the different contexts and situations in which they are used.

◇ 練習問題では、覚えた表現が話の中に出てきます。

學過的表達方式會出現在練習問題。

The expressions you have learned often appear in the conversations played for the practice questions.

◇ 難しい表現には、やさしい日本語の言い換えや翻訳があります。

較難的表達方式，附有易懂的日語同義詞彙及中文翻譯。

A translation or easy-to-understand Japanese equivalent is provided for difficult expressions.

◆ 各章の最後に「まとめ問題」があります。その章で勉強したことを確認しましょう。第5章には、「総まとめ問題」があります。模擬テストのつもりで、CDを止めずに解いてみましょう。

各章最後附有「統整練習題」，可以確認在該章中學過的內容。第5章中附有「綜合練習題」。請模擬正式考試，不暫停CD來作答。

The end of each chapter contains a section called "Review Drills". Test yourself to see how much of the material you have retained. The section "Comprehensive Review" in the last chapter of this book serves as a mock test. Work straight all the questions without stopping the CD to prepare yourself for taking the actual test.

◆ 問題を解いたら、必ず答え合わせをして、スクリプトを読んで確認しましょう。解答とスクリプトは巻末にあります。

解題後，請務必核對答案並閱讀問題原文。正確答案與問題原文收錄於本書書末。

After you answer the questions, read through the script as you check the answers. The answers and scripts can be found at the back of this book.

◆ 「まとめ問題」と「総まとめ問題」以外は、すべての漢字の下にルビがついています。ルビを隠しながら読むと漢字を読む練習になるでしょう。

「統整練習題」及「綜合練習題」以外，所有漢字詞彙下方均標注假名。遮蓋假名來閱讀，就能練習提高漢字讀能力。

Except for the "Review Drills" and "Comprehensive Review", the kana reading is listed below all the kanji characters that appear in this book. Try covering the kana as you read through the text to help sharpen your kanji reading ability.

第1章

準備をしましょう

做好基礎準備

Mastering the Basics

1 発音について

はつおん

關於發音
Pronunciation

✿発音と表記に気をつけましょう！

注意發音和書寫！
Pay close attention to how the words are written and pronounced!

「ちょと
まてください」

「ちょっと
まってください」
でしょ！

「ちょっと」「まって」

★小さい「っ（ッ）」があるかないかに注意！

音がなくても、１拍の長さがあります。
「ちょとまてください」は変です。「ちょっとまってください」と発音します。
また、「まち（町）」と「マッチ（match）」のように別の意味のことばになります。

１拍：１拍　mora; a phonetic unit of language.

「おとうさん」「おかあさん」

★のばす音は書き方にも注意！　のばす音：長音　elongated sound

カタカナ→「ー」　◆コーヒー　◆スーパーマーケット

ひらがな→「あ」「い」「う」「え」「お」

ー a：あ	おかあさん　おばあさん　まあ
ー i：い	おにいさん　ちいさい　いいえ
ー u：う	すうがく　れんしゅう　ちゅうい
ー e：い	とけい　せんせい　がくせい
ー o：う	おとうさん　がっこう　とうきょう　ようか

❗例外
おね~~い~~さん
　　え
お~~う~~きい　と~~う~~り
　お　　　　お

「なくなっちゃった」「買わなくちゃ」

★速くて短い話しことばに注意！

～ちゃった・～じゃった （＝～てしまった・～でしまった）	食べちゃった
～ちゃう・～じゃう （＝～てしまう・～でしまう）	食べちゃう
～ちゃおう・～じゃおう （＝～てしまおう・～でしまおう）	食べちゃおう
～なくちゃ （＝～なくてはいけない）	食べなくちゃ
～なきゃ （＝～なければならない）	食べなきゃ
～ちゃ～ （＝～ては～）	食べちゃいけない
～てる （＝～ている）	食べてる
こっち・そっち・あっち・どっち （＝こちら・そちら・あちら・どちら）	

★助詞もよく省略されます。　助詞也經常被省略。　Particles are often omitted in Japanese.

◆そろそろ学校（＝）行かなきゃ。

れんしゅう （答えは巻末 p.76）

CD を聞いてください。

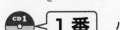 **1番** 小さい「っ（ッ）」があれば＿に書いてください。

例題） ま＿ち　マ ツ チ

① レ＿ス＿ン

② ま＿す＿ぐ

③ ポ＿ケ＿ト

④ ゆ＿く＿り

⑤ ス＿ト＿プ

⑥ せ＿け＿ん

⑦ ち＿か＿て＿つ

⑧ い＿て＿ら＿しゃ＿い

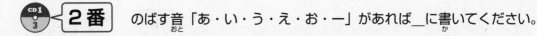 **2番** のばす音「あ・い・う・え・お・ー」があれば＿に書いてください。

例題） セ ニ タ ニ 　 しゅ＿み 　 きの う

① ゆ＿び＿ん＿きょ＿く＿

② バ＿ス＿デ＿パ＿ティ＿

③ ちゅ＿しゃ＿じょ＿

④ お＿じ＿さ＿ん

⑤ りゅ＿が＿く＿せ＿

⑥ きょ＿と＿りょ＿こ＿

⑦ じゅ＿が＿つ＿と＿か＿

⑧ き＿れ＿な＿お＿ね＿さ＿ん

3番 何と言いましたか。＿に一つずつひらがなを書いて、（　）にもとの形を書いてください。

例題） 早く早く、バス <u>い っ ちゃ う</u> よ。
（　いってしまう　）

① 牛乳全部 ＿ ＿ ＿ ＿ ＿ ＿ 。また、買って ＿ ＿ ＿ ＿ 。
　　（　　　　　　　　　）　（　　　　　　　　　）

② ＿ ＿ ＿ ＿ ＿ ＿ ＿ だめだよ。危ないよ。
（　　　　　）（　　　　　　　）

③ テレビ見る前に、宿題 ＿ ＿ ＿ ＿ ＿ ＿ 。
　　　　　　　　　　（　　　　　　　　　）

④ あ、あの人、＿ ＿ ＿ 見て ＿ ＿ ＿ ＿ 。
　　　（　　　　　）（　　　　　　　）

2 文法について① 關於文法① Grammar ①
ぶんぽう

✿ だれがするのかに注意しましょう！
ちゅう い

注意聽做的人是誰！
Identify who's doing what!

その本、
ほん
読ませて
よ

え？ ぼくが読むの？
よ
きみが読むの？
よ
どっち？

もらう・くれる

★だれがする？

AがBして**あげる**	→ Aがする	Aさん、Bさんして**あげて**。	→ Aがする
AがBして**くれる**	→ Aがする	Aさん、B（さん）して**くれる**？	→ Aがする
AがBして**もらう**	→ Bがする	Aさん、B（さん）して**もらって**。	→ Bがする

ほめられる・注意される
ちゅう い

Aが　Bを／に　する　→ BがAに　**される**

◆ 先生が学生を注意する　→ 学生が先生に**注意される**
せんせい　がくせい　ちゅうい　　　　　　がくせい　せんせい　ちゅうい
◆ 友達が私を笑う　　　　　→ 私が友達に**笑われる**
ともだち　わたし　わら　　　　　　わたし　ともだち　わら

させる・させられる

B：Aさん、してください	→ Aがする
	→ BがAに**させる**
	→ AがBに**させられる**

◆ 母：野菜を食べて。　→ 私が野菜を食べる
はは　やさい　た　　　　　わたし　やさい　た
　　　　　　　　　　　　　母が私に野菜を**食べさせる**
　　　　　　　　　　　　　はは　わたし　やさい　た
　　　　　　　　　　　　　私が母に野菜を**食べさせられる**
　　　　　　　　　　　　　わたし　はは　やさい　た

> ❶ 縮約形　縮略形
> しゅくやくけい　contracted form
>
> 待たせられる＝待たされる
> ま　　　　　　ま
> 買わせられる＝買わされる
> か　　　　　　か
>
> 食べる、話す、する、来る、など
> た　　　はな　　　　　く
> は縮約形にはできない。
> しゅくやくけい

B：Aさん、（Bに）**させてください**　→Bがする

◆ 妹：お兄ちゃん、パソコン**使わせて**。　→　妹がパソコンを使う
いもうと　にい　　　　　　　　　つか　　　　　　いもうと　　　　　　つか

れんしゅう

（答えは巻末 p.77）

CD を聞いてください。

CD1 5 〉**1番**　だれがしますか。正しいものを選んでください。

例題）（ 男の人　女の人　⟨森さん⟩ ）が書きます。

① （ 男の人　女の人　森さん ）が持ってきました。

② （ 男の人　女の人　森さん ）が写真を撮ります。

③ （ 男の人　女の人　森さん ）が行きます。

④ （ 男の人　女の人　森さん ）が仕事を手伝いました。

⑤ （ 男の人　女の人　森さん ）が使います。

（私に）持ってきてくれた。

「写真を撮って」か「写真を撮らせて」か？

CD1 6 〉**2番**　会話の内容と合うものを選んでください。

① 1　男の人は女の人にペンを貸してくれます。
　 2　女の人は男の人にペンを借りてあげます。
　 3　男の人は女の人にペンを貸してもらいます。

「借りる」と「貸す」に注意。

② 1　女の人は森さんにほめられました。
　 2　男の人は森さんにほめられました。
　 3　森さんは男の人に女の人をほめさせました。

〜だって＝だれかから〜と聞いた

③ 1　男の人は森さんに書類を作らせました。
　 2　女の人は男の人に書類を作ってあげます。
　 3　男の人は女の人に書類を作らせられます。

助かります：幫助
That helps a lot.

④ 1　女の人は明日男の人を病院に行かせてあげます。
　 2　女の人は明日男の人に病院に行かせてもらいます。
　 3　女の人は明日男の人に病院に行ってもらいます。

かまいません＝いいです

⑤ 1　男の人は森さんにお酒をたくさん飲まされた。
　 2　男の人は森さんにお酒をたくさん飲ませた。
　 3　男の人は森さんにお酒をたくさん飲まれた。

〜もんだから：理由や事情を説明するときに使う。

3　文法について②
ぶんぽう

關於文法②
Grammar ②

❀自分では使えなくても、敬語の意味が聞き取れるようにしましょう！
じぶん　　つか　　　　　　　　　けいご　　いみ　　き　と

即使自己不會用，也要聽懂敬語的含義！

Make an effort to understand keigo (polite expressions), even if you find these expressions difficult to use!

「します」の
尊敬語は「なさいます」、
そんけいご
謙譲語は「いたします」です。
けんじょうご

尊敬語　： 尊敬語　honorific expressions
そんけいご

謙譲語　： 謙譲語　humble expressions (used when
けんじょうご　　addressing a superior or customer)

意味がひとつではない敬語表現
いみ　　　　　　　　　けいごひょうげん

❶　うかがう（伺う）

◆ 尋ねる　詢問　to ask (for information), to inquire
　たず

◆ 聞く　打聽　to listen/hear/ask
　き

◆ 訪問する　訪問　to pay a visit, to call (on someone)
　ほうもん

ちょっと**伺います**が、駅はどちらでしょうか。
　　　　うかが　　　　えき

その話は○○先生から**伺いました**。
　　はなし　　せんせい　　うかが

1 時ごろ、**伺います**。
　じ　　　　うかが

❷　いらっしゃる

◆ 行く　　先生は京都へ**いらっしゃい**ました。
　い　　　せんせい　きょうと

＊〜でいらっしゃいます＝〜です

◆ いる　　奥様、**いらっしゃい**ますか。
　　　　おくさま

◆ 来る　　2 時に**いらっしゃって**ください。
　く　　　　じ

＊「いらしてください」とも言う。
　　　　　　　　　　　　　　い

❸　かける

◆ 椅子などに座る　**おかけ**ください。　**おかけになって**お待ちください。
　いす　　　すわ　　　　　　　　　　　　　　　　　　　　　　　　ま

◆ 電話をかける　**おかけになった**電話番号は現在使われておりません。
　でんわ　　　　　　　　　　　　　　でんわばんごう　げんざいつか

尊敬表現
そんけいひょうげん

❶　受身形（うけみけい）

◆ もうお土産は**買われ**ましたか。
　　　みやげ　　か

◆ どう**されました**か。（＝どうしましたか）

❷　お／ご〜です

◆ ご注文は**お決まり**ですか。（＝決まりましたか）
　　ちゅうもん　き　　　　　　　き

◆ ご主人は**ご在宅**でしょうか。（＝家にいますか）
　　しゅじん　ざいたく　　　　　　　いえ

❸　お／ご〜になる

◆ この電車は車庫に入ります。**ご利用になれ**ません。
　　でんしゃ　しゃこ　はい　　　　り よう

車庫：車庫　garage, train shed
しゃこ

◆ 番号札 7 番で**お待ちの**お客様、どうぞ。（＝お待ちになっている）
　ばんごうふだ　ばん　ま　　　きゃくさま　　　　　　ま

番号札：號碼牌
ばんごうふだ　　number (numbered ticket)

❹　お／ご〜ください

◆ 揺れますから、つり革に**おつかまり**ください。
　ゆ　　　　　　かわ

車會搖晃，請抓緊吊環。
This train may shake or sway, so please hold on to the strap.

◆ 3 番線、まもなく電車が参ります。**ご注意**ください。
　ばんせん　　　　　でんしゃ　まい　　　　ちゅうい

れんしゅう

（答えは巻末 p.78）

CD を聞いてください。

CD1 7 〔1番〕 内容の正しいほうを選んでください。

例題）① 知っていますか　　2 元気ですか

① 1 どこから来ましたか　　2 どこに住んでいますか

② 1 仕事は何をしているか　　2 注文は何にするか

③ 1 荷物を預かります　　2 荷物を預かってください

④ 1 電話をかけてください　　2 座って待ってください

⑤ 1 メニューを持ってきました　　2 メニューを持ってきてください

CD1 8 〔2番〕 会話の内容と合うものを選んでください。

① 1 男の人は女の人に聞きたいことがある。
　 2 男の人は女の人を訪問する。
　 3 男の人は女の人にいつ来るか聞いた。

② 1 男の人は明日の10時までここにいる。
　 2 男の人は明日10時までにここに来る。
　 3 女の人は明日10時までにここに来る。

③ 1 男の人はだれかを探しているようです。
　 2 男の人は道に迷ったようです。
　 3 女の人は店員のようです。

④ 1 男の人は番号札2番の人を呼びました。
　 2 男の人はクーポンを持っている人を呼びました。
　 3 男の人はレジの順番が次の人を呼びました。

⑤ 1 お客さんは注文を決めたら、ボタンを押して店員を呼ぶ。
　 2 お客さんは、パネルのボタンを押して注文する。
　 3 お客さんは注文が決まったら、紙に書いて店員に渡す。

コンビニ、スーパー、ショップなどでよく聞く表現。

パネル：面板
panel

4 会話表現 會話表現
かいわひょうげん
Conversational Phrases

✿会話らしい表現ややりとりに慣れましょう！
かいわ　　　　ひょうげん　　　　　　　　　　　　　　な

應習慣會話特有的表達方式！

Master basic phrases and patterns used in conversation!

ねえねえ、これって
よくなくない？

いい？
よくない？
どっち？

ない・わけ・ことを使った表現
つか　　　ひょうげん

❶ ～じゃない？　　＊意見：～と思う　我覺得～　I think - (Used to indicate opinion or thought)
いけん　　　おも

◆ 雨、降るんじゃない？　降らないんじゃない？
あめ　ふ　　　　　　　　　　　　ふ

❷ ～てくれない？　　～てもらえない？　　＊依頼：～てくれませんか／～てもらえませんか
いらい

◆ 荷物、ここに置いてくれない？　見せてもらえない？
にもつ　　　　お　　　　　　　　　　　み

❸ ～ないかな　　＊希望：～てほしい
きぼう

◆ 早く来ないかな。
はや　こ

❹ ～ことになっている　　＊～という規則がある／～という約束をした
きそく　　　　　　やくそく

◆ この日を過ぎるとキャンセル料をいただくことになっています。
ひ　す　　　　　　　　　りょう

◆ 会社の人が空港まで迎えに来てくれることになっています。
かいしゃ　ひと　くうこう　　　むか　き

❺ ～わけだ　　＊～のは当然だ
とうぜん

◆ 暑いわけだ。30度もある。
あつ　　　　　　ど

❻ ～わけじゃない　　＊～という理由ではない
りゆう

◆ 嫌いなわけじゃないけど、食べないんです。
きら　　　　　　　　　　　た

会話の省略
かいわ　しょうりゃく

◆ A：あの番組おもしろいね。
ばんぐみ

B：でしょ？

（＝おもしろいでしょう、私もそう思います。）
わたし　　　おも

◆ A：おかげさまで、試験に…
しけん

B：合格したんですね、おめでとう。
ごうかく

＊おかげさまで：よい結果に使う
けっか　つか

気持ちを表す表現
きも　　あらわ　ひょうげん

◆ やった！：うれしい

◆ さすが！：ほめるときに言う。
い

◆ うそ！：びっくりしている

◆ へえー！：感心したり、驚いたりしている。
かんしん　　おどろ

◆ ぜひ！：～したい

◆ もう！：怒ったり、不満を表す。
おこ　　　ふまん　あらわ

★ 会話では、話し手と聞き手が共同で一つの文を作ったり、言わなくてもわかる場合は文の
かいわ　　　はな　て　き　て　きょうどう　ひと　ぶん　つく　　　　い　　　　　　　　ばあい　ぶん
一部が省略されたりすることがよくあります。
いちぶ　しょうりゃく

在會話中，經常會有說者與聽者共同說完一整句話，或在不言自明的情況下將話中的一部分省略的情況。

In Japanese conversation the speaker and listener "work together" to construct sentences and complete each other's thoughts. Things mutually understood by both parties are often omitted from the conversation.

れ ん しゅ う　　　（答えは巻末 p.79）

CD を聞いてください。

CD1 9 〔**1番**〕 女の人の答えはどちらの意味ですか。正しいほうを
選んでください。

① 1　よくない　　　　　　　2　いい

② 1　混んでいる理由がわかった
　　 2　なぜ混んでいるのかわからない

③ 1　ダイエットはしていない
　　 2　ダイエットをしている

④ 1　早く始まってほしくない
　　 2　早く始まってほしい

⑤ 1　話しかけてもらいたくない
　　 2　話しかけてもらいたい

⑥ 1　大丈夫です、受け付けましょう
　　 2　受付をすることはできません

> まったく：あきれ
> たり、怒ったりし
> たときに使う表現。

> あと（数量）＝残り
> （数量）

> それでさあ＝それ
> でね

> 「さ（あ）」はくだけ
> た会話に使う。

CD1 10 〔**2番**〕 男の人のあとに続くのはどちらですか。正しいほう
を選んでください。

① 1　使えなくなりました。　2　使えるようになりました。

② 1　わかりました。　　　　2　わかりません。

> とうとう：いい結
> 果も悪い結果もあ
> るが、「…けど」と
> 言っている。

CD1 11 〔**3番**〕 女の人の気持ちはどちらですか。正しいほうを選ん
でください。

① 1　心配している　　　　2　感心している

② 1　行きたい　　　　　　2　あまり行きたくない

5 まとめ問題

時間：5分
答えは巻末 p.80～82

点数

／100

問題 I

5点×5問

CDを聞いてください。発音したのはどれですか。1～4の中から正しいものを一つ選んでください。

① 1 ふと 　　　2 ふとう 　　　3 ふっとう 　　　4 ふうとう

② 1 とかい 　　　2 とうかい 　　　3 とけい 　　　4 とうけい

③ 1 オトマチク 　　　　　　　2 オートマチック
　3 オットマチーク 　　　　　4 オトマーチク

④ 1 だいひょう 　2 だいひゅう 　3 らいひょう 　4 たいひゅう

⑤ 1 さんぎょう 　2 さんにょう 　3 ざんぎょう 　4 ざんにょう

問題 II

3点×25問

CDを聞いて、正しいほうを選んでください。

1番 どちらの意味ですか。

① 1 行かなかった 　　　　　　2 行かなければならない

② 1 見てしまいました 　　　　2 見てしまいましょう

③ 1 こちらへ来てください 　　2 これを切ってください

④ 1 見てほしくない 　　　　　2 見てほしい

⑤ 1 乗車できる 　　　　　　　2 乗車できない

2番 だれがしますか。

① （1 男の人　2 女の人 ）が写真を撮ります。

② （1 男の人　2 女の人 ）が払います。

③ （1 男の人　2 女の人 ）が借ります。

④ （1 男の人　2 女の人 ）が教えてもらいます。

⑤ （1 男の人　2 女の人 ）がほめられました。

3番 内容と合っているのはどちらですか。

①　1　来なかったら30分待たないで帰ってもいい。
　　2　来なくても30分は待たなければならない。

②　1　この仕事は好きだが給料はよくない。
　　2　この仕事は給料がいいから好きだ。

③　1　来週は今週より忙しくなると思う。
　　2　来週は少しひまになると思う。

④　1　10年もいれば上手になるのは当然だ。
　　2　10年いても上手になるわけではない。

⑤　1　午後は用事がある。
　　2　午前は都合が悪い。

4番　どちらの意味ですか。

① 1　男の人は発表させます。
　 2　男の人は発表させられます。

② 1　女の人はカットしてもらいます。
　 2　女の人はカットさせられます。

③ 1　男の人は女の人を来させます。
　 2　女の人は男の人に来られます。

④ 1　女の人は男の人に笑われました。
　 2　男の人は女の人を笑わせました。

⑤ 1　女の人は男の人に先に食事に行かれます。
　 2　男の人は女の人を先に食事に行かせます。

5番　どちらの意味ですか。

① 1　田中さんですか。
　 2　田中さんが来ました。

② 1　名前を教えてください。
　 2　名前は聞いて知っています。

③ 1　名前を書いたら持ってきてください。
　 2　名前を書いて待ってください。

④ 1　どうしたんですか。
　 2　どうしますか。

⑤ 1　証明書を書いて、持ってきてください。
　 2　証明書を書くから、それを持っていってください。

#

問題のパターンに慣れましょう

熟悉問題形式

Recognizing the Question Patterns

1 何と言いますか－発話表現－
（なん　い　　　　　　　　はつ　わ　ひょうげん）

✿ 質問の中の説明部分をしっかり聞きましょう！
（しつもん　なか　せつめい ぶぶん　　　　　　　　き）

應聽清楚提問中的說明部分！

Listen carefully to the explanation given as the question is read!

問題の流れ

| ① イラストを見て、➡の人に注意
しながら説明と質問を聞く | ➡ | ② 聞こえてくる三つの文の中から、
➡の人が言うことを選ぶ |

★ イラストから場面を想像し、質問の中の説明部分に注意することが重要です。質問の最後の部分はたいてい「何と言いますか。」です。

透過插圖想像場景，注意提問中的說明部分非常重要。在提問的最後部分大多是「何と言いますか」。

Carefully examine the picture provided and imagine the situation as you listen to the explanation given. Most questions will end with " 何と言いますか".

例をやってみましょう

① イラストを見てください。どんなことがわかるか考えましょう。

◆ 場面は学校で、先生と学生が話していますね。

② 最初の説明部分に注意して聞いて、三つの文の中で、最もよいものを一つ選んでください。

| ① ② ③ |

| ! よいマーク | ● ② ③ |
| わるいマーク | ① ② ③ |

マークに気をつけましょう

③ スクリプトを読みながら確認しましょう。

> レポートの書き方がよくわかりません。何と言いますか。
>
> 1 あのう、レポートを書いていただいてもよろしいでしょうか。
>
> 2 あのう、レポートをどうやって書けばいいか教えていただけませんか。
>
> 3 あのう、レポートの出し方をおっしゃってください。

答えは2番です。

◆ 相手に何かをしてほしいときの表現に注意しましょう。

「～てくれない？」「～てくださいませんか。」「～いただけませんか。」

「～てもらいたいんですが…。」　など

あいさつ表現など

注意しましょう

A	「どうぞお上がりください。／どうぞお入りください。」	請進。 Please come in.
B	「おじゃまします。」	打擾您了。 Pardon the intrusion.
A	「どうぞおかけください。」	請坐。 Please have a seat.
社員	「お先に失礼します。」	職員：我先告辭了。 Staff member: (I'll be off, then.) See you tomorrow!
部長	「ご苦労さま。／お疲れさま。」	部長：辛苦了。 Manager: Good night! (Thanks for your hard work.)
部長	「お先に。」	部長：我先走了。 Manager: Goodbye!
社員	「お疲れさまでした。」	職員：您辛苦了。 Staff member: You must be tired. Good night!

れんしゅう

（答えは巻末p.110）

絵を見ながら質問を聞いてください。矢印（➡）の人は何と言いますか。1〜3の中から、最もよいものを一つ選んでください。

CD1 20　1番　① ② ③

CD1 21　2番　① ② ③

「いすに座って待ってください。」と言いたい。

2 どんな返事をしますか－即時応答－
(へんじ) (そくじおうとう)

✿ 間接的な返事に注意しましょう！
(かんせつてき) (へんじ) (ちゅうい)

應注意間接回答！

Pay close attention to indirect responses to questions!

今度の日曜日、
(こんど) (にちようび)
映画に行かない？
(えいが) (い)

行きたく
(い)
ない！

そういう断り方は、失
(ことわ) (かた) (しつ)
礼です！
(れい)

問題の流れ

問題用紙に何も印刷されていません。1対1の対話です。
(もんだいようし) (なに) (いんさつ) (たい) (たいわ)

問題用紙上沒有印刷任何內容。都是1對1的對話。

Each question consists of a dialogue between two people. The question sheets for this part of the test are blank.

①
短い文を聞く
(みじか) (ぶん) (き)

②
聞こえてくる返事の中から
(き) (へんじ) (なか)
最もよいものを選ぶ
(もっと) (えら)

★ 始めの文に注意して聞くことが重要です。返事は、直接的な返事ではない場合も多
(はじ) (ぶん) (ちゅうい) (き) (じゅうよう) (へんじ) (ちょくせつてき) (へんじ) (ばあい) (おお)
いです。特に誘われて断るときは、間接的な断り方をする場合がよくあります。
(とく) (さそ) (ことわ) (かんせつてき) (ことわ) (かた) (ばあい)

聽清楚開頭的句子很重要。回答時往往不會直接回答。尤其是在拒絕對方邀請時，經常用間接的婉拒方式。

Pay special attention to the first part of the conversation. Often the other person will produce an indirect response to what the first person says. This form of response is commonly used in Japanese when declining an invitation.

例をやってみましょう

① 最初の文を注意して聞いて、そのあとの三つの返事の中で、最もよいものを一
(さいしょ) (ぶん) (ちゅうい) (き) (みっ) (へんじ) (なか) (もっと) (ひと)
つ選んでください。
(えら)

CD1
22

① ② ③　◆ 直接的な答え方ではないので注意しましょう。
(ちょくせつてき) (こた) (かた) (ちゅうい)

② スクリプトを読みながら確認しましょう。
(よ) (かくにん)

いつまで日本にいらっしゃいますか。
(にほん)
1　明日で、日本に来てから1年になるんです。
(あす) (にほん) (き) (ねん)
2　来年くらいに日本に行きたいと思っているんですが…。
(らいねん) (にほん) (い) (おも)
3　来年の3月ごろ、帰ろうかなと思っています。
(らいねん) (がつ) (かえ) (おも)

答えは3番です。
(こた) (ばん)

◆ 直接的な返事は「来年の3月まで日本にいます。」ですが、ここでは「います」とい
(ちょくせつてき) (へんじ) (らいねん) (がつ) (にほん)
うことばを使っていません。
(つか)

注意しましょう

あいさつなどに対しての返事

A	「どうぞお召し上がりください。」	請吃吧。	Please help yourself.
B	「どうぞおかまいなく。」	請您不要張羅啦。	There's no need to trouble yourself.
B	「では、遠慮なくいただきます。」	那我就不客氣了。	Thank you very much.
A	「もっといかがですか。」	再吃點吧。	Would you like some more?
B	「もうけっこうです。」	已經足夠了。	No thank you. / That's alright. I'm fine.

誘いに対して断るときの返事

◆ 間接的な答え方だけでなく、断るときは語尾が長くなるなど、言い方にも注意しましょう。　語尾：語尾　word ending, end of a phrase

A	「来週の日曜日に映画に行きませんか。」
B	「あー、日曜日は、予定が入っているんです…」　／　「あー、その日は、ちょっと…」

れんしゅう　　　　　　　　　（答えは巻末 p.111）

まず文を聞いてください。それからその返事を聞いて、1～3の中から、最もよいものを一つ選んでください。

 　1番　　① ② ③

 　2番　　① ② ③

 　3番　　① ② ③

誘いに対して、間接的に断っている。

 　4番　　① ② ③

ほんの少しの違いなので、選択肢に注意して聞こう。

3 何をしますか－課題理解－

✿ 印刷されたイラストや文字をすばやく見ておきましょう！

應迅速看清印刷的插圖及文字！

Quickly skim over the illustration and words printed on the sheet!

問題の流れ

問題用紙に選択肢がイラストか文字で印刷されています。

問題用紙上印有答案選項的插圖或文字。

The question sheets for this part of the test each contain selections of words or illustrations.

選択肢は短いので
すぐに読めるよ。

① 説明と質問を聞く	② 話を聞く	③ もう一度質問を聞く	④ 答えを選ぶ

例をやってみましょう

① 選択肢を読んでおきましょう。

> 1　病院に行く
> 2　病院に電話する
> 3　病院の電話番号を調べる
> 4　病院の場所を調べる

◆ 選択肢から、病院に関係のある行動を選ぶ問題であることがわかりますね。

② 最初の説明と質問、そのあとの話を注意して聞きます。選択肢の中で、最もよいものを一つ選んでください。

 CD1 27　　① ② ③ ④

③ スクリプトを読みながら確認しましょう。

> 男の人と女の人が話しています。男の人は、これからどうしますか。
>
> 女：どうしたの？
>
> 男：昨日から肩が痛くて…テニスでがんばりすぎたせいかなあ。冷やしてみようかな。
>
> 女：その前に、お医者さんに行ったほうがいいよ。ほら、去年行ったところに。でも、今日やっているかどうかわからないから、行く前に電話してみたら？
>
> 男：うん、でも診察券もどこにあるかわからないし、電話番号がわからないよ。
>
> 女：パソコンで検索すればいいじゃない。
>
> 男：そうだね。
>
> 男の人は、これからどうしますか。

答えは3番です。

◆ 病院が休みかもしれないので、行くかどうかはわかりません。場所はわかっています。

よく使われる質問のパターン

- 「だれが／だれに…？」
- 「何を…？」
- 「いつ／何時に…？」
- 「どこで…？」
- 「どの〜を…？」　など

「最初にすること」を聞く質問のパターン

- 「まず何をしますか。」
- 「これからどうしますか。」
- 「このあとまず、何をしなければなりませんか。」　など

「〜する前」や「〜した後」など、行動の順番を表すことばにも注意しましょう。
（☞ p.60 第4章4）

れんしゅう
（答えは巻末p.113）

まず質問を聞いてください。それから話を聞いて、1〜4の中から、最もよいものを一つ選んでください。

CD1 28 | **1番** | ① ② ③ ④

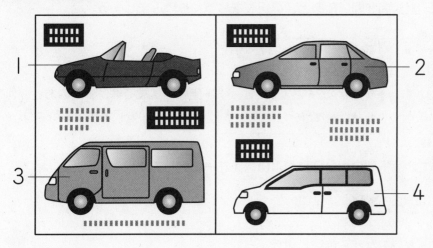

パンフレット：
小冊子　pamphlet

ガレージ：車庫
garage

CD1 29 | **2番** | ① ② ③ ④

1　プリントを分ける

2　教室の窓を開ける

3　田中先生のところに行く

4　プリントを教室に持って行く

4 どうしてですか－ポイント理解－

✿落ち着いて選択肢を読みましょう！

應沉著閱讀答案選項！

Relax and carefully read through the answers!

問題の流れ

問題用紙に選択肢が印刷されています。

問題用紙中印有答案選項。　A selection of answers is provided on each question sheet.

①	②	③	④	⑤
説明と質問を聞く	ポーズの間に選択肢を読んでポイントをつかむ	話を聞く	もう一度質問を聞く	答えを選ぶ

★ 問われていることにポイントを絞って聞きましょう。そして、選択肢を読む時間を有効に使いましょう。

應注意聆聽被問到的地方，並有效利用閱讀答案選項的時間。

Listen to the questions and try to pick out the main points. Make the most of the time allotted to review the answer selections.

例をやってみましょう

① 最初の説明と質問を聞いたあと、選択肢をじっくり読みましょう。

 CD1 30

1	出かけることができなかったから
2	電話をかけなかったから
3	荷物を受け取らなかったから
4	待ち合わせに遅れたから

◆ 実際の試験では、質問のあと、何も言わないので注意しましょう。

② 話を聞いて、選択肢の中から最もよい答えを一つ選んでください。

 CD1 31

　① ② ③ ④

③ スクリプトを読みながら確認しましょう。

男の人と女の人が話しています。男の人は、どうして謝っていますか。

女：どうしたのよー。

男：ごめん、ごめん、待たせちゃって。ちょうど出かけようとしたとき、電話がかかってくるし、荷物が届くして…。

男の人は、どうして謝っていますか。

答えは4番です。

◆ 遅れた理由を話しています。

◆ 必要な情報だけを聞き取りましょう。
ひつよう　じょうほう　　　　　　き　と
只要聽清楚必要的資訊即可。　Pick out the relevant information.

◆ 言い換えのことばに注意しましょう。
い　か　　　　　　　　ちゅうい
應注意同義詞。　Listen for rephrased or reworded expressions.

選択肢と話の中で使っていることばは、同じ意味でも表現が違う場合があります。
せんたくし　はなし　なか　つか　　　　　　　　　　おな　いみ　　ひょうげん　ちが　ばあい
答案選項及會話中使用的詞彙，有時即使意思相同表達方式也會有所不同。
Though the words and expressions that appear in the answers may differ from those used in the conversation, they often share the same meaning.

れんしゅう　　　　　　（答えは巻末p.114）
こた　　かんまつ

まず質問を聞いてください。そのあと、選択肢を読んでください。読む時間があります。
しつもん　き　　　　　　　　　　せんたくし　よ　　　　　　　　　よ　じかん
それから話を聞いて、1～4の中から、最もよいものを一つ選んでください。
はなし　き　　　　　　　なか　　もっと　　　　　　ひと　えら

 1番　① ② ③ ④

1　京都のガイドブックと雑誌
きょうと　　　　　　　　　ざっし
2　京都のガイドブックと地図
きょうと　　　　　　　　　ちず
3　英語の辞書と京都のガイドブック
えいご　じしょ　きょうと
4　週刊誌と京都のガイドブックと地図
しゅうかんし　きょうと　　　　　　　ちず

週刊誌：週刊雑誌
しゅうかんし
weekly publication
(magazine, journal)

 **2番**　① ② ③ ④

1　会社がある駅の近くに、引っ越したから
かいしゃ　　えき　ちか　　　ひ　こ
2　電車で来るのと時間が変わらないから
でんしゃ　く　　　　じかん　か
3　健康に気をつけるようになったから
けんこう　き
4　会社の帰りに、買い物ができるから
かいしゃ　かえ　　　か　もの

5 どんな内容ですか－概要理解－

✿最初の説明から話の内容を予測しましょう！

應從開頭的說明中預測會話的內容！

Listen to the explanation and try to anticipate what the speakers will discuss!

最初の説明が
わからなかったら
どうしよう…。

問題の流れ

問題用紙に何も印刷されていません。

問題用紙上沒有印刷任何內容。

The question sheets for this part of the test are blank.

① 説明を聞く ➡ ② 話を聞く ➡ ③ 質問を聞く ➡ ④ 聞こえてくる選択肢の中から答えを選ぶ

★ 全体の内容を聞いて判断する問題です。質問は話のあと一回だけなので注意しましょう。

是聽完整體內容後進行判斷的問題。應注意提問在會話結束後只有一次。

These questions test your ability to listen to an entire dialogue and make a choice based on what you heard. The question will only be read once after the dialogue, so make sure to pay close attention.

例をやってみましょう

① 説明、話、質問、選択肢を聞いて、質問の答えとして最もよいものを一つ選んでください。

 ① ② ③ ④

② スクリプトを読みながら確認しましょう。

男の人が、携帯電話について話しています。

男：あれば、便利だと思うんですが、今、みんな持っていて、どこでも携帯いじってるでしょ。だめだと言っているのに、自転車に乗っているときでもメールなんかしていて、本当に危ないですよね。ああいうマナーの悪い人たちを見たりしていると、買う気になれなくて…。でも、家族から、携帯を持ってくれないと不便でしかたない、と文句を言われるんですよ。娘が「お父さんのように年を取っている人でも、簡単に使える携帯があるよ。」と言うのですが、メールは、パソコンで十分ですし…。

男の人は、携帯電話のことをどう思っていますか。

1 便利だが、買いたくない
2 使い方が難しそうだ
3 携帯電話のメールは、不便だ
4 年寄りには向いていない

答えは1番です。

◆ 最初の説明文から、男の人が、携帯電話について意見を言うことが想像できます。

（買う気になれない＝買いたくない）

注意しましょう

話している人や質問文の中で使われていることばから場所を想像しましょう

| 会社員／部長／書類／会議　など | → | 会社 |
| 先生／学生／テスト／レポート　など | → | 学校、教室など |

質問文から、状況を理解しましょう

1人で話している	→	何かの説明をしている 何かについて意見を言っている
電話をしている	→	何かの予約や約束をしている
テレビやラジオを聞いている	→	何かの情報を聞いている

れんしゅう　（答えは巻末 p.116〜117）

この問題は、全体としてどんな内容かを聞く問題です。話の前に質問はありません。まず話を聞いてください。それから質問と選択肢を聞いて、1〜4の中から、最もよいものを一つ選んでください。

 1番 　① ② ③ ④

緊張のしっぱなし：
一直緊張
nervous all the time, always
left feeling tense

 2番 　① ② ③ ④

コース：套餐
course (dinner course, etc.)

6 まとめ問題

時間：12分
答えは巻末 p.88 ～ 92

点数
／100

問題 I

4点×2問

絵を見ながら質問を聞いてください。矢印（➡）の人は何と言いますか。1～3の中から、最もよいものを一つ選んでください。

 1番　① ② ③

 2番　① ② ③

問題 II

4点 × 3問

まず文を聞いてください。それからその返事を聞いて、1～3の中から、最もよいものを一つ選んでください。

 1番　① ② ③

 2番　① ② ③

 3番　① ② ③

問題Ⅲ

まず質問を聞いてください。それから話を聞いて、1〜4の中から最もよいものを一つ選んでください。

 1番　

1　今すぐ
2　今日の6時ごろ
3　明日の6時半
4　10日後

 2番　

1　パートⅠを見る
2　パートⅡを見る
3　パートⅠを借りに行く
4　パートⅡを借りに行く

 3番　

1　車
2　車とJR
3　JRと地下鉄
4　車と地下鉄

問題IV

まず質問を聞いてください。そのあと、選択肢を読んでください。読む時間があります。それから話を聞いて、1〜4の中から最もよいものを一つ選んでください。

 1番 ① ② ③ ④

1 佐藤先生にきらわれたから
2 今度の試験が難しいと聞いたから
3 学校をサボれなくなったから
4 卒業ができないかもしれないから

 2番 ① ② ③ ④

1 田中さんに子どもが2人もいること
2 田中さんの子どもが2人とも小さいこと
3 田中さんが見た感じよりずっと年を取っていること
4 田中さんが見た感じよりずっと若いこと

問題V

15点×2問

この問題は、全体としてどんな内容かを聞く問題です。話の前に質問はありません。まず話を聞いてください。それから質問と選択肢を聞いて、1〜4の中から、最もよいものを一つ選んでください。

 1番  ① ② ③ ④

 2番 ① ② ③ ④

第3章

だい　　しょう

いろいろな場所で聞きましょう

ば　しょ　　　　き

在各種場合聆聽

Understanding the Language Around You

1 町で

在街上
Around Town

✿何度も聞くフレーズをきちんと理解しましょう！

應正確理解多次聽到的句子！

Make an effort to understand phrases you often hear in public places!

黄色い線の内側に下がって…

内側ってどっち？

駅や電車の中で

① 上り方面　上行方面　inbound (train) ↔ 下り方面　　　　　、まもなく電車が参ります。
　○番線

危ないですから、黄色い線の内側に下がってお待ちください。

② ドア／扉が閉まります。閉まるドア／扉にご注意ください。

③ この電車は
| 普通／各駅停車　普通 / 各站停車　local/local train (each station) |
| 急行／快速　急行 / 快速　express/rapid |
| 特急／特快（＝特別快速）|
| 通勤特急　通勤特急　commuter limited express |
○○行きです。

④ 次は△、△、△を出ますと□に止まります。××線、お乗換えです。

⑤ まもなく△、お出口左側に変わります。傘などお忘れ物のないようご注意ください。

⑥ お年寄りや体の不自由な方に席をお譲りください。
　請讓座給老年人或行動不便者。
　Please give priority to elderly and handicapped passengers.

⑦ 携帯電話はマナーモードにし、通話はご遠慮ください。（＝しないようにしてください。）

スーパーやデパートで

◆ 全品半額セール（＝全部の商品が5割引・50% OFF）

◆ カード会員募集　招募持卡會員　Accepting applications for card membership

◆ お買い得　買得實惠　bargain price

◆ 毎度ご来店くださいましてありがとうございます。（＝いつも来てくれて）

◆ 迷子のお知らせを申し上げます。ただ今、青いシャツに赤い半ズボンをお召しになった（＝着た）5歳くらいの男のお子様をお預かりしております。お連れ様（＝一緒に来た人）は係員までご連絡ください。　迷子：迷路的孩子　lost child

◆ お呼び出しを申し上げます。　廣播找人。　May we have your attention please?

CD を聞いて、質問の答えとして最もよいものを一つ選んでください。

CD1 50　1番　① ② ③ ④

1　卵 98 円!!（お一人様1パック）

2　冷凍食品5割引!!

半額は何割？（はんがく　なんわり）

お買い得だよ!!

3　♪日曜日はお魚の日♪

4　ポイントカード 会員募集中

マルタケスーパー ㊇ 竹

CD1 51　2番　① ② ③ ④

1　次は日本橋に止まる
　　（つぎ　にほんばし　と）

2　携帯電話は電源を切らなければならない
　　（けいたいでんわ　でんげん　き）

3　この電車は成田空港行きである
　　（でんしゃ　なりたくうこうい）

4　体の不自由な人に席を譲ってほしい
　　（からだ　ふじゆう　ひと　せき　ゆず）

通過駅：經過站
（つうかえき）
non-stop station

CD1 52　3番　① ② ③ ④

お言付け＝伝えたいこと
（ことづ　つた）

2 天気予報・交通情報

天氣預報、交通資訊
Weather Forecast - Traffic Report
てんきよほう・こうつうじょうほう

✿用語に慣れて必要な情報を聞き取れるようにしましょう！
ようご　な　ひつよう　じょうほう　き　と

應習慣專用詞彙，聽清楚必要資訊！
Familiarize yourself with commonly used terms and pick out the important information!

…一時雨です
いちじあめ

今日は
きょう
1時に雨が降るんだね
じ　あめ　ふ

ちがうでしょ！

天気予報・地震情報

❶  全国
ぜんこく
各地
かくち
〜地方
ちほう
の
天気
てんき
天気予報
てんきよほう
です。

❷ 晴れ
は
曇り
くも
のち
一時
いちじ
曇り
くも
一時
雨
あめ
でしょう。

のち：之後　later, followed by

一時：暫時　brief, temporarily, for a short while
いちじ

❸ 台風が近づいています。
たいふう　ちか

❹ 雷 にご注意ください。　雷：雷　thunder
かみなり　ちゅうい　　　　かみなり

❺ 花粉が多く飛ぶでしょう。　花粉：花粉　pollen
かふん　おお　と　　　　　　　かふん

❻ ただ今○○で地震がありました。川沿い、沿岸部では津波にご注意ください。
いま　　　　じしん　　　　　　　　かわぞ　　えんがんぶ　　　つなみ　ちゅうい

剛才在○○發生了地震。河邊及沿岸地區請注意海嘯。
There has been an earthquake in ○○. People are advised to remain alert for a potential tsunami along the riverbanks and ocean coast.

この地震による津波の心配はありません。
じしん　　つなみ　しんぱい

本次地震不會引起海嘯。
There is no risk of a tsunami accompanying this earthquake.

◆ 震度　震度　seismic intensity　　　　◆ 震源　震源　quake epicenter
しんど　　　　　　　　　　　　　　　　しんげん

交通情報

❶ ＪＲ線
ジェイアールせん
私鉄
してつ
地下鉄
ちかてつ
各線は順調に動いています。
かくせん　じゅんちょう　うご

ＪＲ線：ＪＲ線　JR line
ジェイアールせん
私鉄：私營鐵路　private line
してつ
地下鉄：地鐵　subway
ちかてつ

❷ 〜で事故のため渋滞しています。　渋滞：堵車　traffic jam
じこ　　　　じゅうたい　　　　　　じゅうたい

❸ ＡＢＣ航空24便パリ発は1時間10分遅れて11時50分に到着の予定です。
こうくう　びん　はつ　じかん　ぷんおく　じ　ぷん　とうちゃく　よてい

從巴黎出發的 ABC 航空公司 24 號航班延遲 1 小時 10 分鐘，預計將於 11 點 50 分抵達。
ABC Airlines Flight 24 from Paris is 1 hour and 10 minutes behind schedule. It is now expected to arrive at 11:50 AM.

CDを聞いて、質問の答えとして最もよいものを一つ選んでください。

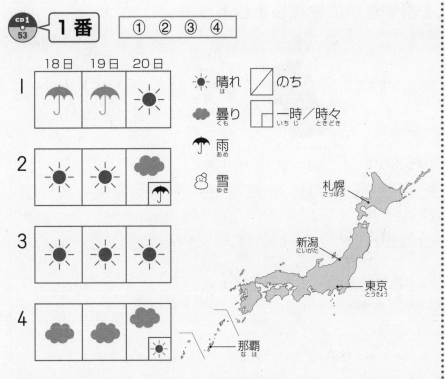

あいにく：不巧
unfortunately

第三章

　①　②　③　④

1　1時15分に着く
2　8時15分に着く
3　11時40分に着く
4　14時ちょうどに着く

定刻：準時
scheduled time, fixed time

　①　②　③　④

マグニチュード：

芮氏規模
magnitude

3 学校で
がっこう

在學校
At School

✿指示や禁止を表す表現に注意しましょう！
しじ　きんし　あらわ　ひょうげん　ちゅうい

應注意表達指示或禁止的表達方式！

Pay attention to expressions that convey instructions or describe prohibited actions!

覚えること！
おぼ

どういう
こと？

覚えなさいって
おぼ
いう意味よ。
い み

受付で
うけつけ

図書館で
としょかん

◆ この本は**貸し出し中**です（＝ほかの人に借りられている）
ほん　　か　だ　ちゅう　　　　　　　　　　　ひと　か

◆ 新聞は**館内で閲覧**してください（＝図書館の中で読んでください）
しんぶん　かんない　えつらん　　　　　　　　としょかん　なか　よ

◆ 辞書は**持ち出し禁止**です（＝外へ持って行くことはできません）
じしょ　も　だ　きんし　　　　　　　　そと　も　い

◆ 本は汚したり、**書き込み**をしたりしてはいけません。
ほん　よご　　　　　か　こ

書き込み：寫入　written entry
か　こ

◆ ＤＶＤなどは**視聴覚室**でも見ることができます。
ディーブイディー　　　し ちょうかくしつ　　　み

視聴覚室：視聴教室　audio-visual room
し ちょうかくしつ

◆ ２週間以内に**返却して**（＝返して）ください。
しゅうかん い ない　へんきゃく　　　　かえ

◆ インターネットで本を**検索**したり、予約したりすることができます。
ほん　けんさく　　　　　　よやく

検索する：検索　to search (for a term, item of information, etc.)
けんさく

日本語学校で
に ほん ご がっこう

◆ **入学手続きをする** 辦理入學手續　to complete registration/enrollment (procedures)
にゅうがく て つづ

◆ **入学金** 入學金　school enrollment fee, admission fee
にゅうがくきん

◆ **授業料** 學費　course fee
じゅぎょうりょう

◆ **教材費** 教材費　textbook fee
きょうざい ひ

◆ **全額** 全額　total cost
ぜんがく

◆ **割引** 打折　discount
わりびき

教室で
きょうしつ

〜すること（＝しなさい、しなければならない）

〜ようにしてください（＝できるだけ〜してください）

◆ 必ず予習をして**くること**。
かなら　よしゅう

◆ 新しい**単語**を覚えて**くること**。　単語：單字　word
あたら　たん ご　おぼ　　　　　　　たん ご

◆ 授業に遅れない**ようにしてください**。
じゅぎょう　おく

◆ **予習**⇔**復習**
よ しゅう　ふくしゅう

◆ **出席**⇔**欠席**
しゅっせき　けっせき

◆ 宿題を**提出**する 交作業　to turn in homework, to submit an assignment
しゅくだい　ていしゅつ

CD を聞いて、質問の答えとして最もよいものを一つ選んでください。

CD1 56 **1番** ① ② ③ ④

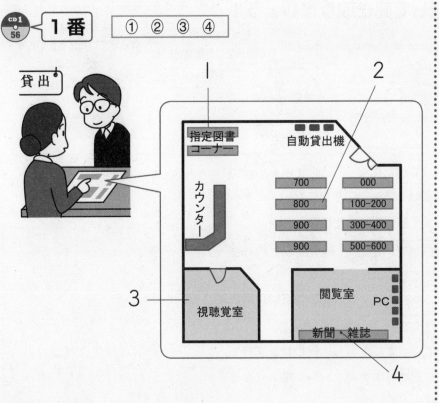

指定図書＝授業などで使うように決められた本

第三章

CD1 57 **2番** ① ② ③ ④

教材費＝本代

1　まず本代を払って、入学金と授業料は 24 日までに払う

2　明日入学金と授業料を払って、24 日に教材費を払う

3　今日入学金を払って、授業料は毎月払う

4　今日入学金を払って、明日授業料を全部払う

CD1 58 **3番** ① ② ③ ④

4 職場で
在工作單位
At Work

❀敬語に注意して聞き取りましょう！
けいごに ちゅうい きと
應注意聽清楚敬語！
Do your best to catch commonly used keigo expressions!

セキが出るので
で
早く帰っていただきたいん
はや かえ
ですが…。

ちがうよ！
帰らせていただきたいんです
かえ
が…だよ‼

会社で

❶ ┄～(し)ていただく┄ ＊聞いている人がする
　　　　　　　　　　　　　　き ひと

　◆ この書類を**読んで**いただきたいんですが。
　　　しょるい よ

　◆ こちらで**お待ちいただけません**か。
　　　　　ま

❷ ┄～(さ)せていただく┄ ＊話している人がする
　　　　　　　　　　　　　　はな ひと

　◆ ご説明**させていただきます**。
　　せつめい

　◆ 熱があるので、今日は**休ませていただきたい**んですが…。
　　ねつ きょう やす

❸ ┄～させます┄ ＊同じ会社の人がする
　　　　　　　　　おな かいしゃ ひと

　◆ 田中という者にそちらに**伺わせますので**、よろしくお願いいたします。
　　たなか もの うかが ねが

　◆ すぐに**直させますので**、申し訳ありませんが、もうしばらくお待ちください。
　　　なお もう わけ ま

❹ ┄～とのこと┄ ＊メッセージを伝える
　　　　　　　　　　　　　つた

　◆ ○○社の～様からお電話がありまして、15分ほど遅れる、**とのこと**です。
　　　しゃ さま でんわ ふん おく

電話で

　◆ はい、○○**でございます**。（＝○○です）

　◆ **お世話になっております**。 ＊仕事でよく使うあいさつ
　　　せわ しごと つか

　◆ XXはただ今、**席を外しております**が…。（＝今、席にいません）
　　　　　いま せき はず いま せき

　◆ XXは ┌外出中┐ ですが…。
　　　　　│がいしゅつちゅう│
　　　　　│会議中│
　　　　　│かいぎちゅう│
　　　　　│出張中│
　　　　　└しゅっちょうちゅう┘

　◆ XXは本日、**お休みをいただいております**が…。（＝今日は休みです）
　　　ほんじつ やす きょう やす

留守番電話によく使われる表現
るすばんでんわ つか ひょうげん

　◆ あいにく**出かけております**。　あいにく：不巧　unfortunately
　　　　で

　◆ ただ今、**電話に出られません**。 ピーッという音のあとにメッセージをどうぞ。
　　　いま でんわ で おと

CD を聞いて、質問の答えとして最もよいものを一つ選んでください。

 **1番** ① ② ③ ④

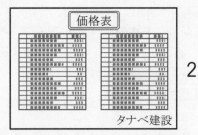

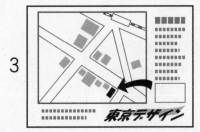

1   2   3   4

 **2番** ① ② ③ ④

1　日本通信の小川さんにすぐに電話してください。

2　日本通信の小川さんが見積書を郵送してほしいそうです。

3　日本通信の小川さんが見積書を郵送したとのことです。

4　日本通信の小川さんがまた電話をくれるそうです。

～次第＝～したらすぐ

 **3番** ① ② ③ ④

リース：租賃　lease

のちほど＝あとで

第三章

5　病院・いろいろな店で

在醫院及各種店家
At the Hospital and Various Shops

✿決まった表現を覚えましょう！

應記住固定說法！
Make it a point to memorize fixed expressions!

お召し上がりですか。
お持ち帰りですか。

お持ち帰りです。

持って帰ります
でしょ！

病院で

◆ 診察券
　保険証　がありますか。

診察券：掛號證　patient ID card
保険証：保險證　insurance card

◆ 熱を測ってください。　請量一下體溫。　Please take your temperature.

◆ 薬や食べ物にアレルギーがありますか。　アレルギー：過敏　allergy

◆ これにおしっこを採ってください。
請用這個採尿。
Please use this to collect a urine sample.

◆ 血液検査
　注射　をします。

血液検査：驗血　blood test
注射：打針　injection

◆ レントゲン（＝X線）を撮ります。息を吸って…はい、止めてください。

息を吸う：吸氣　to take a breath

店で

ファーストフード店で

◆ こちらでお召し上がりですか、お持ち帰りですか。（＝ここで食べるか、持って帰るか）

◆ お先にお会計失礼します。（＝先に、代金を払ってください）

◆ 申し訳ありません。〜は少々お時間がかかります。できましたら、お席のほうにお持ちいたします。（＝出来上がったら席に持って行きます）

レンタルショップで

◆ 会員証をお作りしますので、運転免許証か学生証などお持ちでしょうか。

運転免許証：駕駛執照　driver's license　　学生証：學生證　student ID card

◆ 1週間のご利用でよろしいですか。

◆ 当日（＝その日のうちに返す）、1泊（＝次の日に返す）、2泊、3泊…

◆ ○月○日までにご返却お願いします。（＝返してください）

◆ 新作の料金は1泊〜円です。　新作：新作品　new release

CD を聞いて、質問の答えとして最もよいものを一つ選んでください。

 ① ② ③ ④

1　チキンバーガーとホットコーヒー

2　チーズバーガーとアイスコーヒー

3　チーズバーガーセットとフライドポテト

4　チーズバーガーとホットコーヒー

「いいえ、いいです。」＝要りません

 ① ② ③ ④

1　今夜9時から食べたり飲んだりしなくてはいけない

2　今夜は早く寝なくてはならない

3　今晩9時からは食べたり飲んだりしてはいけない

4　今晩10時から、お水しか飲んではいけない

 ① ② ③ ④

第三章

6 まとめ問題

時間：10分
答えは巻末 p.100 ～ 102

点数
／100

問題 I

10点 × 3問

まず質問を聞いてください。それから話を聞いて、1～4の中から、最もよいものを一つ選んでください。

 1番 ① ② ③ ④

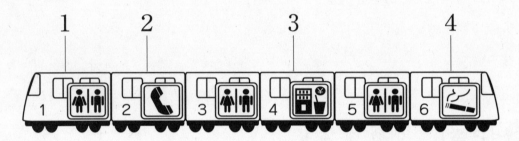

 2番 ① ② ③ ④

1　すぐに建物から出る
2　買い物を続ける
3　屋上に逃げる
4　机などの下に隠れる

3番 ① ② ③ ④

1　雨と雷
2　台風
3　波と風
4　津波

問題 Ⅱ

まず質問を聞いてください。そのあと、選択肢を読んでください。読む時間があります。
それから話を聞いて、1～4の中から、最もよいものを一つ選んでください。

 1番　① ② ③ ④

1　受付でカルテをもらってから、診察室に行く
2　血液検査をしてから、会計に行く
3　レントゲンを撮ったら、そこで説明を聞く
4　血液検査をしてレントゲンを撮ったら、診察室にもどる

 2番　① ② ③ ④

1　1週間以内に本を取りに行く
2　来週の水曜日に図書館に行く
3　7日以内に借りていた本を返す
4　来週の火曜日までに本の予約をする

 3番　① ② ③ ④

1　借りたいＤＶＤが借りられなかったから
2　無料だと思ったのにそうではなかったから
3　今日手続きに行くのが難しいから
4　手続きを女の人が手伝ってくれないから

問題Ⅲ

　この問題は、全体としてどんな内容かを聞く問題です。話の前に質問はありません。まず話を聞いてください。それから質問と選択肢を聞いて、1〜4の中から、最もよいものを一つ選んでください。

 1番　① ② ③ ④

 2番　① ② ③ ④

いろいろな内容を聞きましょう

聆聽各種內容

Identifying the Topic of Discussion

1　人や物のようす

人或物的狀態
Describing People and Objects

✿音声を聞く前に、イラストの中の違いを見つけておきましょう！

在聽聲音之前，應找出各插圖的不同之處！
Spot the differences in the picture before the conversation starts!

人のようす

外見についてのことばや表現　外見：外觀　appearance

- **ひげ** 鬍子　facial hair
- **白髪** 白頭髮　white hair　が **生える**
- ◆ **背が伸びる** 個子長高　to grow (taller)
- ◆ **体重が増える** 體重增加　to gain weight ↔ **減る** ／ **ダイエット**をする
- ◆ **太っている** 胖　overweight, to be overweight ↔ **やせている**
- ◆ **スマート** 苗條　slim, stylish　❗英語の smart と意味が違う。
- ◆ **かっこいい** 帥　good looking, cool ↔ **かっこ悪い**
- ◆ （洋服などが）**似合う** 合適　to suit, to look good on/in (clothes, hairstyle, etc.)
- ◆ **若く見える** 看起來年輕　to look young ↔ **老けて見える**
- ◆ **年を取る** 上年紀　to age, to grow older

服や身につけるものについてのことばや表現　身につける：穿上　to put on (clothes)

- ◆ **長そで** 長袖　long sleeves, long-sleeved
- ◆ **半そで** 短袖　short sleeves, short-sleeved
- ◆ **柄** 花紋　pattern, design
- ◆ **無地** 素色　plain, solid color
- ◆ **派手な服** 花俏的衣服　flashy clothes, flashy outfit ↔ **地味な服**

物の形や状態

形・サイズなどについてのことばや表現

- ◆ **丸** 圓　circle, ring　◆ **三角** 三角　triangle　◆ **四角** 四角　square
- ◆ **丸い** 圓　round, circular　◆ **細長い** 細長　slender, long and thin
- ◆ **厚い本** 厚　thick　**薄い本** 薄　thin (material)
- ◆ **大－中－小**　**SS－ S － M － L －LL**　❗読み方注意
  （だい／ちゅう／しょう）（エスエス／エス・スモール／エム・ミディアム／エル・ラージ／エルエル）
- ◆ **7号－ 9号－ 11号**　＊特に女性の服のサイズ（S－M－Lなど）を言うときに使う。
- ◆ **フリーサイズ** 零碼　one-size-fits-all
- ◆ **新品** 新貨　new (product, item)　◆ **中古** 二手貨　used (product, item)

CDを聞いて、質問の答えとして最もよいものを一つ選んでください。

CD2 2 **1番**　① ② ③ ④

メガネ、白髪、洋服に注意。

花柄：花紋
flower pattern, design

イメージが違う：
印象不同
to look/appear different than imagined (or before)

（髪を）染める：
染頭髪
to dye (hair)

CD2 3 **2番**　① ② ③ ④

1　黒っぽい無地のソファー
2　白っぽい無地のソファー
3　濃いブルーの柄のソファー
4　薄いブルーの柄のソファー

白っぽい：發白
whitish

黒っぽい：發黑
blackish

（色が）濃い：
（顔色）深　dark (color)
↔薄い

CD2 4 **3番**　① ② ③ ④

ワンサイズしかない＝サイズは一つしかない

2 場所・方向・位置

場所・方向・位置
Place - Direction - Location

✿どこから数えるか、どの方向から見るかに注意しましょう！

應注意從哪裡開始數，從哪個方向看！

Listen carefully to which position objects are being counted from and the direction from which the speaker is looking!

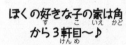

ぼくの好きな子の家は角から3軒目〜♪

角の家を入れて数えるんだよ。

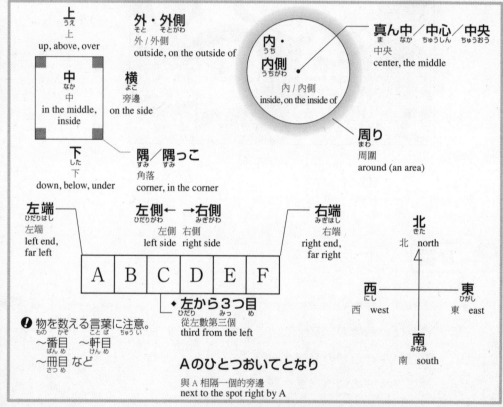

上
うえ
上
up, above, over

外・外側
そと　そとがわ
外 / 外側
outside, on the outside of

中
なか
中
in the middle, inside

横
よこ
旁邊
on the side

内・内側
うち　うちがわ
内 / 内側
inside, on the inside of

真ん中／中心／中央
ま　なか　ちゅうしん　ちゅうおう
中央
center, the middle

周り
まわ
周圍
around (an area)

下
した
下
down, below, under

隅／隅っこ
すみ　すみ
角落
corner, in the corner

左端
ひだりはし
左端
left end, far left

左側←
ひだりがわ
左側
left side

→右側
みぎがわ
右側
right side

右端
みぎはし
右端
right end, far right

| A | B | C | D | E | F |

◆左から3つ目
ひだり　みっ　め
從左數第三個
third from the left

北
きた
北　north

西
にし
西　west

東
ひがし
東　east

南
みなみ
南　south

❗物を数える言葉に注意。
もの　かぞ　ことば　ちゅうい
～番目　～軒目
ばんめ　けんめ
～冊目 など
さつめ

Aのひとつおいてとなり
與A相隔一個的旁邊
next to the spot right by A

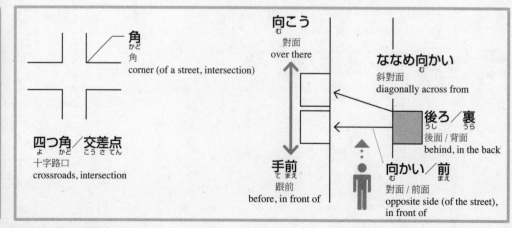

角
かど
角
corner (of a street, intersection)

向こう
む
對面
over there

ななめ向かい
む
斜對面
diagonally across from

後ろ／裏
うし　うら
後面 / 背面
behind, in the back

四つ角／交差点
よ　かど　こうさてん
十字路口
crossroads, intersection

手前
て　まえ
跟前
before, in front of

向かい／前
む　まえ
對面 / 前面
opposite side (of the street), in front of

CD を聞いて、質問の答えとして最もよいものを一つ選んでください。

CD2 5　1番　　① ② ③ ④

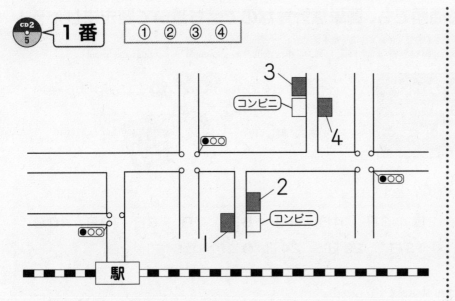

2回目に曲がるところに注意。

第四章

CD2 6　2番　　① ② ③ ④

1　上から2段目の右のほう

2　上から2段目の左のほう

3　上から3段目の左のほう

4　一番上の段の右のほう

何段目かということに注意する。

CD2 7　3番　　① ② ③ ④

「前はイタリアレストランだったところ」は、もうそのレストランはないという意味。

3 数・数字・計算

数・数字・計算
Numbers - Figures - Making Calculations

❀計算がある問題でも、簡単な計算なので落ち着いて聞きましょう！

即使問題中有計算，也是較簡單的計算，應沉著聽清楚問題！

Don't let yourself be rattled by math-related questions. All the calculations are simple, so just relax and listen!

100g 500円の肉を
20％引きで
1キロ買うといくら？

…ああ、難しい…

カレンダーに関することば

◆ 1日 ついたち　2日 ふつか　3日 みっか　4日 よっか　5日 いつか　6日 むいか　7日 なのか　8日 ようか　9日 ここのか　10日 とおか

◆ 14日 じゅうよっか　19日 じゅうくにち　20日 はつか　24日 にじゅうよっか　❶ 読み方に注意！ よ かた ちゅうい

◆ 週末 しゅうまつ　週末　weekend

　月末 げつまつ　月末　end of the month

　年末 ねんまつ　年末　end of the year

日常でよく使われる単位

| 重さ おも / 体重 たいじゅう | 體重 weight | ～g グラム　～kg キロ（グラム） |

| 長さ なが / 身長 しんちょう / 距離 きょり | 身高 height | ～mm ミリ（メートル）　～cm センチ（メートル）　～km キロ（メートル）
＊～kg ／～km どちらも、「キロ」ということが多い。おお |

| 割合 わりあい | 比例 proportion, ratio | ～割 わり　～率 りつ　～％ パーセント
＊セールのときに、2割引、20％引、20％オフなどよく わりびき びき
　使う。つか |

計算に関することば

＋　◆足す／加える／プラスする 加 to add
　　 た　くわ

　　◆計／合計 合計 total
　　 けい　ごうけい

×　◆掛ける 乗以 to multiply
　　 か

－　◆引く／取る／マイナスする 減 to subtract
　　 ひ　と

÷　◆割る 除以 to divide
　　 わ

◆倍／2倍 2倍 2 times
　 ばい　ばい

◆差 差 difference (in amount)
　 さ

◆2分の1 2分之1 half
　　 ぶん

CD を聞いて、質問の答えとして最もよいものを一つ選んでください。

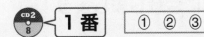

1番　① ② ③ ④

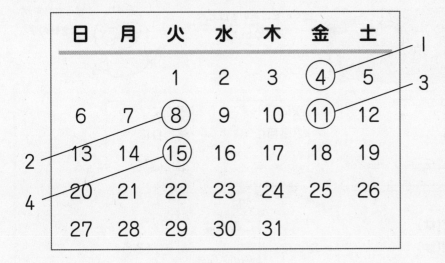

1週間先＝1週間後

日	月	火	水	木	金	土
		1	2	3	④	5
6	7	⑧	9	10	⑪	12
13	14	⑮	16	17	18	19
20	21	22	23	24	25	26
27	28	29	30	31		

2番　① ② ③ ④

3キロ太る前は何キロ？

1　約 47 キロ
2　約 49 キロ
3　約 51 キロ
4　約 54 キロ

3番　① ② ③ ④

15人の中に林さんは入っている？

4 順序・比較

順序、比較
Order - Comparison

✿順序を表すことばや比較を表すパターンに注意しましょう！

應注意表示順序的詞彙或表示比較的形式！
Spot the patterns commonly used to indicate order or make comparisons!

ぼくの家は君の家ほど大きくないよ。

どっちの家が大きいの？

順序を表すことば

| 初めに 最初に 開頭 first, in the beginning, at the start | ～、 | 次に 2番目に 其次 next, second | ～、 | 最後に 終わりに 最後 lastly, finally | ～。 |

| 前は この前(は) この間(は) 以前 before, the other (day, week, etc.) | ～だった。 | 次は この次は 下次 next, next time | ～だろう。 |

❶「今度」の使い方に注意！
- ◆ 今度の試験は難しかった。（＝近い過去）
- ◆ 今度、海へ行きましょう。（＝近い未来）
- ◆ 今度のテストはがんばろう。（＝次のとき）

★どっちを先にするかに注意しよう。

AB順
- ◆ AしてからBする　　食事してから映画を見よう。＊順序の「から」
- ◆ AしたあとBする　　食事をしたあと歯を磨こう。

BA順
- ◆ Aする前にBする　　　　　　寝る前に歯を磨く。
- ◆ AするまでにBする　　　　　彼が来るまでに掃除しておく。
- ◆ AしようとしたときにBが起こる　家を出ようとしたときに電話が鳴った。

比較を表すパターン

- ◆ AはBより～だ。　　　　　　田中さんの家は私の家より大きい。
- ◆ AよりBのほうが～だ。　　　私、コーヒーより紅茶のほうが好きだ。
- ◆ Aが 最も／一番 ～だ。　　私にとってはカタカナが最も難しい。
- ◆ AはBほど～ではない。　　日本では、豚肉は牛肉ほど高くない。
- ◆ Aも～だがBほどじゃない。　ニューヨークも車が多いが東京ほどじゃない。
- ◆ AはBに比べて～だ。　　　今日は昨日に比べて暑い。

CD を聞いて、質問の答えとして最もよいものを一つ選んでください。
き　　　しつもん　こた　　　もっと　　　　　　　ひと　えら

1番 ① ② ③ ④

	漢字 かんじ	文法 ぶんぽう	聴解 ちょうかい
1	75 点	55 点	65 点
2	65 点	45 点	70 点
3	70 点	60 点	55 点
4	70 点	40 点	70 点

漢字と聴解のどち
らが悪い点数かに
注意。

2番 ① ② ③ ④

1 駅
　えき
2 コンビニ
3 郵便局
　ゆうびんきょく
4 銀行
　ぎんこう

お金を下ろす：領錢
かね　お
to withdraw money
(from the bank, ATM)

3番 ① ② ③ ④

言い換えのことば
いか
に注意。
ちゅうい

第四章

5　まとめ問題

時間：12分
答えは巻末 p.107〜110

点数 ／100

問題 I

10点×3問

まず質問を聞いてください。それから話を聞いて、1〜4の中から、最もよいものを一つ選んでください。

 1番 ① ② ③ ④

1　　2　　3　　4

 2番 ① ② ③ ④

1　900円
2　1000円
3　1080円
4　1200円

 3番 ① ② ③ ④

1　買い物する
2　コーヒーを飲む
3　会社に行く
4　タクシーに乗る

問題 Ⅱ

10点×3問

まず質問を聞いてください。そのあと、選択肢を読んでください。読む時間があります。
それから話を聞いて、1〜4の中から、最もよいものを一つ選んでください。

 1番 ① ② ③ ④

1 駅と同じ通り
2 マンションの3階
3 コンビニのとなり
4 レストランの向かい

 2番 ① ② ③ ④

1 デザインが気に入らないから
2 高級すぎて、今の自分にはもったいないから
3 薄すぎて、かっこ悪いから
4 父親が気を悪くするから

 3番 ① ② ③ ④

1 間違いを直す
2 みなみ商事に送る
3 みなみ商事に届ける
4 田中さんに取りに来てもらう

第四章

問題Ⅲ

　この問題は、全体としてどんな内容かを聞く問題です。話の前に質問はありません。まず話を聞いてください。それから質問と選択肢を聞いて、1〜4の中から、最もよいものを一つ選んでください。

 1番

 2番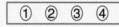

第5章

総まとめ問題
そう　　　　　　　　もん　だい

綜合練習題

Comprehensive Review

時間：22分
じ かん　　ふん

答えは巻末 p.111 〜 116
こた　　かんまつ

点数
てんすう

／100

問題 I
もん だい

5点 ×6問
てん　　もん

まず質問を聞いてください。それから話を聞いて、1〜4の中から、最もよいものを一つ
しつもん　き　　　　　　　　　　はなし　き　　　　　　　　　　なか　　　　　もっと　　　　　　ひと
選んでください。
えら

1番
ばん

① ② ③ ④

2番　① ② ③ ④

1　午後1時ごろ
2　午後1時半ごろ
3　午後2時ごろ
4　午後2時半ごろ

 3番　

1　お湯を沸かしておく
2　炊飯器のスイッチを入れる
3　お米を洗って、ご飯を炊く
4　女の人を駅へ迎えに行く

 4番　① ② ③ ④

1　1500円
2　2000円
3　2500円
4　3000円

第五章

5番 ① ② ③ ④

1　りんごを取りに行く
2　病院に行く
3　おばあちゃんに電話する
4　友達の家に行く

 6番 ① ② ③ ④

1　レシートを探す
2　買ったところに電話する
3　メーカーに電話する
4　自分で修理する

問題 II

5点 × 5問

まず質問を聞いてください。そのあと、選択肢を読んでください。読む時間があります。
それから話を聞いて、1〜4の中から、最もよいものを一つ選んでください。

 1番　① ② ③ ④

1　時間を間違えたから
2　日にちを間違えたから
3　前の番組が時間通りに終わらなかったから
4　野球の試合が中止になったから

 2番　① ② ③ ④

1　男の人の釣りに対する考え方に賛成できないから
2　魚を食べるのはかわいそうだから
3　昨日の晩ご飯に誘ってもらえなかったから
4　釣りはすべきではないと思っているから

 3番　① ② ③ ④

1　ボーナスで全額返す
2　ボーナスで半分返して、来月の給料日に残りの半分を返す
3　来月の給料日に全額返す
4　来月までにだれかに借りて全額返す

4番 ① ② ③ ④

1 すぐに席を代わってあげる
2 気がつかないふりをする
3 考えているうちに、席を代わってあげる機会をなくす
4 次の駅で降りるふりをして、席からはなれる

5番 ① ② ③ ④

1 海側の和室
2 山側の洋室
3 海側の洋室
4 山側の和室

問題Ⅲ

　この問題は、全体としてどんな内容かを聞く問題です。話の前に質問はありません。まず話を聞いてください。それから質問と選択肢を聞いて、1〜4の中から、最もよいものを一つ選んでください。

 1番  ① ② ③ ④

 2番  ① ② ③ ④

 3番  ① ② ③ ④

第五章

問題Ⅳ

3点×3問

絵を見ながら質問を聞いてください。矢印（➡）の人は何と言いますか。1～3の中から、最もよいものを一つ選んでください。

 1番

 2番

  3番

問題Ⅴ

まず文を聞いてください。それからその返事を聞いて、1～3の中から、最もよいものを一つ選んでください。

 1番 　① ② ③

 2番 　① ② ③

 3番 　① ② ③

 4番 　① ② ③

 5番 　① ② ③

 6番 　① ② ③

 7番 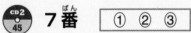　① ② ③

第五章

解答・スクリプト

かいとう

正確答案及問題原文
Answer Keys and Scripts

第1章　準備をしましょう

1　発音について

はつおん

(p.15)

スクリプトとこたえ

1番
ばん

例題） まち(町)　マッチ

①レッスン

②まっすぐ

③ポケット

④ゆっくり

⑤ストップ

⑥せっけん(石鹸)

⑦ちかてつ(地下鉄)

⑧いってらっしゃい

2番
ばん

例題） セーター　しゅみ(趣味)　きのう(昨日)
れいだい

①ゆうびんきょく(郵便局)

②バースデーパーティー

③ちゅうしゃじょう(駐車場)

④おじさん(伯父さん・叔父さん)

⑤りゅうがくせい(留学生)

⑥きょうとりょこう(京都旅行)

⑦じゅうがつとおか(十月十日)

⑧きれいなおねえさん(きれいなお姉さん)

3番
ばん

例題） 早く早く、バス**いっちゃう**よ。
れいだい　はや　はや

　　　　（いってしまう）

①牛乳全部**のんじゃった**。また、買って**こなきゃ**。
ぎゅうにゅうぜんぶ　　　　　　　か

　　（のんでしまった）　　**（こなければならない）**

②**そっちいっちゃ**だめだよ。危ないよ。
　　　　　　　　　　　　あぶ

（そちら(へ)）（いっては）

③テレビ見る前に、宿題**やっちゃおう**。
　　み　まえ　しゅくだい

　　　　　　（やってしまおう）

④あ、あの人、**こっち**見て**わらってる**。
　　　　ひと　　　み

　　　　（こちら(を)）（わらっている）

2　文法について①

		こたえ	スクリプト
1番 CD1 5	例題)	**森さん** もり	男：森さんに書いてもらってください。 女：はい、そうします。
	①	**女の人** おんな ひと	男：あ、持ってきてくれたの？ 女：ええ。
	②	**男の人** おとこ ひと	男：写真を撮らせていただけないでしょうか。 女：あ、いいですよ。
	③	**森さん** もり	男：森さんに行ってもらおうか。 女：そうですね。
	④	**女の人** おんな ひと	男：森さんに仕事を手伝わされたんだって？ 女：そうなんですよ。
	⑤	**男の人** おとこ ひと	男：それ、ぼくにも使わせて。 女：いいですよ。
2番 CD1 6	①	**3**	男：このペン、借りてもいい？ 女：いいですよ。
	②	**1**	男：森さんに、ほめられたんだって？ 女：ええ、そうなの。
	③	**2**	男：森さんに、書類を作ってもらおうと思ったんですけど。忙しそうですね…。 女：じゃ、私がいたしましょうか。 男：そうしていただけますか。助かります。
	④	**2**	男：顔色が悪いですよ。どうしたんですか。 女：ええ、ちょっと具合が悪いんです。明日、午前中に病院へ行ってきてもよろしいですか。 男：ええ、かまいませんよ。
	⑤	**1**	女：頭が痛いんだって？　また飲みすぎたんでしょ。 男：そうなんだよ。昨日、森さんが飲め飲めって言うもんだから。

3　文法について②

(p.19)

		こたえ	スクリプト
1番 CD1 7	例題)	**1**	ご存知ですか。
	①	**2**	どちらにお住まいですか。
	②	**2**	何になさいますか。
	③	**1**	お荷物、お預かりいたします。
	④	**2**	おかけになってお待ちください。
	⑤	**1**	メニューをお持ちしました。
2番 CD1 8	①	**1**	男：ちょっと、伺いますが…。 女：はい、なんでしょう。
	②	**2**	女：では、明日10時までにこちらにいらしてください。 男：わかりました。
	③	**3**	女：何か、お探しですか。 男：いえ、見てるだけです。
	④	**3**	男：2番目にお待ちのお客様、こちらにどうぞ。
	⑤	**1**	女：本日のランチです。AとBがございます。お飲み物はこちらからお選びください。お決まりになりましたら、こちらのボタンを押して、お知らせください。

第1章　準備をしましょう

4　会話表現
かいわひょうげん

(p.21)

		こたえ	スクリプト
1番 ばん CD1 9	①	**2**	男：どう、このシャツ。 おとこ 女：いいんじゃない？ おんな
	②	**1**	男：あー、事故か、まったく。 おとこ　　じこ 女：混んでるわけね。 おんな　こ
	③	**1**	男：もう食べないの？　ダイエットしてるの？ おとこ　　た 女：そういうわけじゃないけど。 おんな
	④	**2**	男：開演まで、あと10分だね。 おとこ　かいえん　　　　　ぷん 女：早く始まらないかなあ。 おんな　はや　はじ
	⑤	**1**	男：ねえねえ、それでさあ、結局ね… おとこ　　　　　　　　　　けっきょく 女：あー、ちょっと、話しかけないでくれない？ おんな　　　　　　　　　はな
	⑥	**2**	男：ちょっと遅くなっちゃって…大丈夫ですよね。 おとこ　　　おそ　　　　　　　　だいじょうぶ 女：申し訳ございません。受付は11時までとなっておりますので…。 おんな　もう　わけ　　　　　　うけつけ　じ
2番 ばん CD1 10	①	**1**	男：この自転車、修理して何年も使ってきたけど、とうとう… おとこ　　じてんしゃ　しゅうり　　なんねん　つか
	②	**2**	男：この絵の良さは、私にはさっぱり… おとこ　　え　よ　　　わたし
3番 ばん CD1 11	①	**2**	男：パソコン直ったよ！ おとこ　　　　なお 女：さすがね！ おんな
	②	**1**	男：今度一緒に、映画でも行きませんか。 おとこ　こんどいっしょ　えいが　い 女：ぜひ。 おんな

5　まとめ問題

もんだい

(p.22〜24)

問題 I

(p.22)

		こたえ	スクリプト
CD1 12	①	**4**	ふうとう（封筒）
	②	**3**	とけい（時計）
	③	**2**	オートマチック（automatic）
	④	**1**	だいひょう（代表）
	⑤	**1**	さんぎょう（産業）

(p.22〜24) 第一章

		こたえ	スクリプト
1番 CD1 13	①	**2**	行かなきゃ。
	②	**2**	見ちゃおう。
	③	**1**	こっち来て。
	④	**1**	見ないでくれないかなあ。
	⑤	**2**	ご乗車にはなれません。
2番 CD1 14	①	**1**	女：すみません、写真を撮ってもらえませんか。 男：いいですよ。
	②	**2**	女：いつもごちそうになってるから、今日は私に払わせて。 男：うん、わかった。
	③	**2**	女：ちょっと、それ貸してくれる？ 男：はい。
	④	**1**	女：教えてあげようか。 男：はい。
	⑤	**1**	女：字がきれいですね。 男：そうですか？
3番 CD1 15	①	**2**	30分待っても来なかったら、帰ってもいいことになっています。
	②	**1**	給料がいいわけじゃないけど、この仕事が好きなんです。
	③	**2**	来週は今週ほど忙しくないんじゃないかな。
	④	**1**	もう日本は10年ですか。日本語が上手なわけですね。
	⑤	**2**	午後なら空いているんですが、午前はちょっと…。

		こたえ	スクリプト
4番 ばん CD1 16	①	**2**	女：みんなの前で発表してもらいます。 おんな　　　まえ　　　はっぴょう 男：えー。 おとこ
	②	**1**	男：今日はどうされますか。 おとこ　きょう 女：カットしてください。 おんな
	③	**1**	男：明日また来てください。 おとこ　あした　　き 女：わかりました。 おんな
	④	**1**	男：何その絵、下手だなあ、ハハハ。 おとこ　なに　　え　　へた 女：失礼ね。 おんな　しつれい
	⑤	**2**	男：先に食事に行っていいよ。 おとこ　さき　しょくじ　い 女：では、そうさせていただきます。 おんな
5番 ばん CD1 17	①	**1**	田中様でいらっしゃいますか。 た なか さま
	②	**2**	お名前は伺っております。 な まえ うかが
	③	**2**	お名前をお書きになって、お待ちください。 な まえ　か　　　　　　　　ま
	④	**1**	どうされましたか。
	⑤	**2**	証明書をお書きしますので、それをお持ちください。 しょうめいしょ　か　　　　　　　　　　　　　　も

1　何と言いますか−発話表現−　　　　　　　　　　(p.27)

	こたえ	スクリプト
1番 CD1 20	**2**	本を読んでいますが、テレビの音がうるさいです。何と言いますか。 １　ちょっと、テレビの音、小さいんだけど…。 ２　ちょっと、テレビを消してくれない？ ３　ちょっと、テレビ見えないんだけど…。
2番 CD1 21	**1**	会社にお客さんが来ました。ここで待ってもらいたいです。何と言いますか。 １　どうぞ、おかけになってお待ちください。 ２　どうぞ、お待ちしています。 ３　どうぞ、ここでお待ちしてよろしいですか。

第2章　問題のパターンに慣れましょう

2　どんな返事をしますか－即時応答－ (p.29)

	こたえ	スクリプト
1番 CD1 23	**3**	顔色が悪いですよ。どうしたんですか。 1　小さい頃は、よくそう言われましたが…。 2　顔の色は、なんともないですが…。 3　さっきから、ちょっとおなかの調子が…。
2番 CD1 24	**1**	どうぞ、召し上がってください。 1　どうぞおかまいなく。 2　遠慮していただきます。 3　では、お邪魔します。
3番 CD1 25	**3**	山田さん、お昼に、新しくできたおそば屋さんに行かない？ 1　私は、うどんよりおそばがいいわ。 2　そうそう、新しいコンビニができたんだって？ 3　あ、今日は、お弁当持ってきたの。
4番 CD1 26	**1**	ねえ、知ってる？　田中さん、彼と別れたんだって。 1　へえー、そうなのー。 2　へえー、そうなるのー。 3　へえー、そうしたのー。

3 何をしますか －課題理解－

	こたえ	スクリプト
1番 CD1 28	4	男の人と女の人が、車のパンフレットを見ながら話しています。2人は、どのタイプの車を買いますか。 男：これ、かっこいいよなー。 女：だめだめ、そんな2人しか乗れないのは。あなたのお父さんやお母さんも乗せることがあるし、私たちだって、赤ちゃんができるかもしれないし。 男：わかってるよ。ただ、こんな車に乗るのが夢だったんだよ。えーっと、長いものを入れることもあるから、大きいけど、こういうのにしようか。 女：うん、いいかもー。でもー、うちのガレージ低いのに、入るの？ 男：あー、無理だ。じゃ、やっぱり、このタイプしかないよね。 女：うん、これで決まりね(※)。値段は安くないけどね。色は、何がいい？ 2人は、どのタイプの車を買いますか。
2番 CD1 29	3	大学で、男の学生が先生の手伝いをしています。男の学生は、このあとまず何をしますか。 男：先生、このプリント、教室に持っていきましょうか？ 女：ありがとう。あ、でも、それ全部は必要ないから、ちょっと待って。必要なものと、必要じゃないものと分けるから。 男：はい。じゃ、先に教室に行って、窓を開けておきます。今日は、暑いから。 女：そうね。お願いね。あー、教室に行く前に、となりの田中先生の部屋に、これを持っていってくれる？ 置いてくるだけでいいから。窓を開けたら、またここへ戻ってきてね。持っていくものがたくさんあって、1人で持てないから。 男：はい、わかりました。 男の学生は、このあとまず何をしますか。

(※) これで決まり：就這麼決定了　This is the one/This one. That settles it. Let's go with this.

4 どうしてですか－ポイント理解－

(p.33)

	こたえ	スクリプト
1番 	**1**	男の人と女の人が、これから本屋に行きます。女の人は、何を買うつもりですか。 女：ねえ、これから本屋に行くんだけど、一緒に行かない？ 英語の辞書がほしいって言ってたでしょ？ 男：あ、辞書は、電子辞書を買ったからいいんですが、ほしい雑誌があるから、行きます。 　　田中さんは、何を買うんですか。 女：ガイドブック。今度の休みに京都へ行く予定なの。詳しい地図の載ったものがほしいの。ついでに、私も週刊誌買うわ。あの本屋、大きくないけれど、雑誌コーナーは、充実していて（※）いいよね。 男：はい、本当に。ぼくのほしい雑誌は普通の本屋にはないけれど、あそこにはあるんですよ。 女の人は、何を買うつもりですか。
2番 	**2**	会社で、男の人と女の人が話しています。女の人が、会社に歩いてくるのはどうしてですか。 男：便利なところに引っ越したんだって？ 女：うん、駅前のマンションだから、買い物なんかにも本当に便利よ。 男：駅前かあ、いいねー。ぼくなんか駅まで20分もかかるよー。 女：でもね、電車にもあんまり乗らなくなっちゃった。最近は、会社までも歩いて来てるの。 男：へー、健康のため？ 女：ううん、そうじゃないの。駅が地下深いところにあるから、電車に乗るまで時間がかかっちゃうし、ほら、ここも上に出るまでエスカレーターに何本も乗らないといけないじゃない？ 会社まで2駅だし、歩くのもそんなに時間が変わらないのよ。 男：そうかー。確かに東京の地下鉄の駅って、すごく深いところにあるからなー。 女の人が、会社に歩いてくるのはどうしてですか。

（※）充実する：充實　to have a lot of (content, features, items, etc.); to have many (different types)

5　どんな内容ですか－概要理解－　(p.35)

	こたえ	スクリプト

1番
CD1 35

3

会社の昼休みに、男の人と女の人が話しています。

女：この頃、うちの会社も出張が多くなったよね。疲れるでしょう。

男：先月行ったばかりなのに、また出張だよ。まったく、海外出張っていうのは、特にストレスがたまるんだよ。やっぱり英語には苦労するし、行っている間、ずっと緊張のしっぱなしだから。

女：わかるわかる。私もこの頃、会議続きで疲れちゃって、休みの日に出かける元気もないの。

男：お互い、ちょっと長い休みが必要だよね。

男の人と女の人は、何について話していますか。

1　出張の場所
2　会議のやり方
3　仕事のストレス
4　今度の休み

2番
CD1 36

2

女の人が、レストランに電話をしています。

女：今度の日曜日の6時に予約を入れている、青木と申しますが、ちょっとお聞きしたいことがありまして。

レストランの人：はい、どのようなことで。

女：今、6人で予約をしているんですが、2人増えますが、大丈夫でしょうか。

レストランの人：あ、大丈夫ですよ。皆様、同じ4000円のコースでよろしいですよね。

女：え？　3000円のコースを予約しているはずですけれど。

レストランの人：あ、3000円のコースでしたね。失礼いたしました。

女：1人、20分ほど遅れるかもしれないということなんですが…。

レストランの人：では、先にお飲み物をお出しして、お食事を始めるのは、皆様がおそろいになって（※）からということにしましょうか。

女：それでお願いできますか。

女の人は、何のためにレストランに電話をしましたか。

1　予約の時間を変更するため
2　予約の人数を変更するため
3　料理の内容を聞くため
4　料理の内容を確認するため

（※）皆様がおそろいになる＝全員がそろう：全體到齊
　　　to have everyone assembled, to have everyone gathered together

6 まとめ問題　　　　　　　　　　　　　　　　　　　　　(p.36～38)

問題Ⅰ　　　　　　　　　　　　　　　　　　　　　　　　　　(p.36)

	こたえ	スクリプト
1番 CD1 37	**2**	久しぶりに、知り合いに会いました。何と言いますか。 １　ご無沙汰になっております。 ２　ご無沙汰しておりました。 ３　ご無沙汰いたします。
2番 CD1 38	**3**	教科書を忘れてしまいました。何と言いますか。 １　教科書、忘れちゃったの。見てもらえない？ ２　教科書、忘れちゃったの。見せてくれていい？ ３　教科書、忘れちゃったの。見せてもらえない？

	こたえ	スクリプト
1番 ばん CD1 39	1	先日は、ありがとうございました。 せんじつ 1　いえいえ、こちらこそ。 2　どうも、おかげさまで。 3　はい、とんでもありません。
2番 ばん CD1 40	3	どこで日本語を習われたんですか。 にほんご　なら 1　自分で習いました。 　じぶん　なら 2　だれも習わなかったんです。 　　　なら 3　特に習ったわけではないんです。 　とく　なら
3番 ばん CD1 41	3	鈴木君、ちょっと残って手伝ってくれないかな。 すずきくん　　　のこ　てつだ 1　すみません。残らないんですが…。 　　　　　　　のこ 2　すみません。手伝わないんですが…。 　　　　　　　てつだ 3　すみません。約束があって…。 　　　　　　　やくそく

第二章

	こたえ	スクリプト

1番 | **2** | 男の人が歯医者に電話をしています。男の人は、いつ歯医者に行くことになりましたか。

男：すみません。明日の6時半に予約している田中ですが、明日から10日間出張することになりまして…。帰ってからでは…。

女：そうですね、では、今から来られますか。

男：いえ、すぐには出られないので、えっとー、6時なら…。

女：わかりました。予約の方がいらっしゃいますから、ちょっとお待ちいただくと思いますけれど…。

男：はい、大丈夫です。すみません。

男の人は、いつ歯医者に行くことになりましたか。

2番 | **1** | 2人の女の人が話しています。2人は、今日これから何をしますか。

女1：映画のチケットもらったんだけど、今度行かない？ これなんだけど…。

女2：あ、それ、私、行きたかったの。うれしいー。パートⅠもすごくおもしろかった。

女1：私、パートⅠ、まだ見てないんだ。

女2：あ、そう…パートⅡを見る前にⅠは見ておいたほうがいいよー。私、DVD持ってるよ。

女1：ほんと？ 借りようかな。

女2：ねえ、今からうちに寄って見ていかない？ 私ももう一度見ておきたいから。

女1：いいの？ じゃ、これは、来週にでも行こう。

2人は、今日これから何をしますか。

3番 | **3** | 会社で、男の人と女の人が、明日の電車のストライキについて話しています。女の人は、どうやって会社に来ますか。

女：明日、私鉄のストライキですよね。

男：そうだね。ぼくは車で来るつもりだけれど、君は？

女：ＪＲ（※1）と地下鉄を乗り継いで（※2）と思っているんですが…。

男：家からＪＲの駅は近いの？

女：それが遠いんですよ。歩くと30分はかかるんです。主人に車で送ってもらえればいいんですが、あいにく主人は出張中で…。

男：大変だね。でも、車も混んでいて大変だろうねえ…。

女の人は、明日どうやって会社に来ますか。

（※1）　ＪＲ（= Japan Railways）：日本全國的主要鐵路網。　A major railroad network that covers all of Japan.

（※2）　乗り継ぐ：轉乗　to change/transfer (to a different train), to connect (to a different flight)

	こたえ	スクリプト

1番
CD1 45

4

学校で、男の学生と女の学生が話しています。男の学生は、どうして元気がないのですか。

女：元気ないね。どうしたの。

男：さっき、佐藤先生に呼び出されてさ。「君、出席日数もぎりぎりだし、レポートも出していないし、今度の試験でがんばらないと、卒業、危ないぞ（※1）。」って言われたんだ。

女：ほんと？　でも、大丈夫でしょう。いつもテストはいい点取っているじゃない。

男：いや…どうしよう…。今回は、自信ないんだ。サボって（※2）ばかりいたから…。テスト、あさってだけど、今日も明日もバイトだし…。バイト休んで勉強したほうがいいかなあ…。

女：そうしたほうがいいかもよ。とにかく、がんばらないと。

男の学生は、どうして元気がないのですか。

2番
CD1 46

4

2人の女の人が田中さんについて話しています。2人は、何について驚いていますか。

女1：ねぇ、田中さんってまだ30代だったって知ってた？

女2：うそー！　私、50近いと思ってた。

女1：私も。45は絶対に過ぎてると思ってたんだけど、まだ38なんだって。

女2：へぇー、びっくり。まあ、そういえば、子どもがまだ小さいんだよね。

女1：そう。上は4年生で、下の子は、まだ1年生だって。

女2：私、年取ってできた子どもだと思ってた。

女1：私も。

2人は、何について驚いていますか。

（※1）卒業が危ない：恐怕畢不了業　might not graduate, in danger of not graduating

（※2）サボる：曠課　to skip (school, practice, work, etc.)

	こたえ	スクリプト
1番 	**2**	男の人と女の人が、子どもが今１人いる母親に聞いた調査の結果について、話しています。 女：このアンケートの結果、おもしろいよ。子どもが今１人いる母親100人に、あと何人子どもがほしいかって聞いたら、ほとんどが、もういらないって答えたんだって。 男：へえー。意外だねえ。でも、そのアンケートって、ちょっとおかしいよ。だって、今いる子どもの年齢によっても違うんじゃないの。まだ小さければ、もう１人ほしいなと思うだろうし、６歳以上になってたら、もういらないって答える人が多いんじゃない？　その結果、そのまま信じないほうがいいと思うよ。 女：そう言われればそうね。私なんか、あと３人はほしいと思っているものね。 男：えー！ **男の人は、このアンケートについてどう思っていますか。** １　結果が自分の意見と違うので不満だ ２　アンケートの仕方に問題がある ３　結果に間違っているところがある ４　自分たちにアンケートしてほしかった
2番	**1**	男の人が友達に電話をしましたが、いなかったので、留守番電話に用件を入れました。 男：もしもし、おれ、加藤だけど。頼みたいことがあって。先輩がロックのライブをやるっていうんだけど、チケットを買ってくれないかって言われて…。おれは、バイトが休めないから行けないんだけど、先輩に世話になっているから、売ってあげますって言っちゃったもんで。今度の日曜、６時から。場所は新宿。チケットは1000円。都合どう？　電話、待ってるよ。よろしく。 **加藤さんは、何のために友達に電話しましたか。** １　ライブのチケットを売るため ２　ライブに一緒に行ってもらうため ３　ライブの時間と場所を知らせるため ４　ライブにだれが出るか教えるため

1　町で

(p.41)

第三章

	こたえ	スクリプト
1番	**4**	スーパーマーケットのアナウンスです。アナウンスの内容と合わないものはどれですか。合わないものです。 アナウンス：毎度ご来店くださいまして、ありがとうございます。本日日曜日はお魚の日！新鮮なお魚がお買い得となっております。また、冷凍食品が、全品半額です。この機会にお求めください（※1）。1パック98円の卵はお一人様1パックでお願いいたします。ただ今、当店（※2）では、お得な情報をメールでお知らせする携帯メール会員を募集しております。ぜひご入会ください！ アナウンスの内容と合わないものはどれですか。
2番	**1**	電車のアナウンスです。アナウンスの内容と合うものはどれですか。 車掌：本日も、ご乗車ありがとうございます。この電車は、快速特急羽田空港行きです。次は、日本橋に止まります。日本橋を出ますと、新橋に止まります。宝町、東銀座には止まりません。通過駅でお降りのお客様は、次の日本橋であとから参ります快速にお乗り換えください。お客様にお願い申し上げます。携帯電話はマナーモードにし、通話は、ご遠慮ください。 アナウンスの内容と合うものはどれですか。
3番	**1**	店内放送をしています。呼ばれた人は、何をしなければなりませんか。 女：毎度ご来店くださいまして、ありがとうございます。お客様に、お知らせいたします。さきほど、靴売り場でお買い物をされたお客様、お言付けがございますので、売り場まで、お戻りください。 呼ばれた人は、何をしなければなりませんか。 1　靴売り場へ戻る 2　車の移動をする 3　忘れ物を取りに行く 4　連れの人に連絡する

（※1）　お求めください＝買ってください

（※2）　当店＝この店

2 天気予報・交通情報
てんき よほう・こうつうじょうほう

(p.43)

	こたえ	スクリプト

1番
ばん

CD1
53

こたえ：2

テレビの天気予報です。東京の天気を表しているのは、どれですか。
てんき よほう　　とうきょう　てんき　あらわ

アナウンサー： 明日から3連休(※1)という方も多いと思います。では、気になるお天
あす　　れんきゅう　　かた　おお　おも　　　　　　　　き　　　てん
気です。北海道は、日本海側を中心にあいにくの雨ですが、20日月
き　　ほっかいどう　　にほんかいがわ　ちゅうしん　　　　　あめ　　　はつかげつ
曜日には、晴れるでしょう。東北の太平洋側から関東地方は、週末
ようび　　　　は　　　　　　とうほく　たいへいようがわ　　かんとうちほう　　しゅうまつ
は晴れますが、3日目は曇りのち雨。九州から沖縄にかけて(※2)は、
は　　　　　　みっかめ　くも　　あめ　きゅうしゅう　おきなわ
3日間とも晴れて暑くなるでしょう。
みっかん　は　　あつ

東京の天気を表しているのは、どれですか。
とうきょう　てんき　あらわ

2番
ばん

CD1
54

こたえ：3

ラジオの交通情報です。12時20分に着くはずの飛行機は、どうなりますか。
こうつうじょうほう　　じ　ぷん　つ　　　　ひこうき

アナウンサー： それでは、到着便の変更をご案内いたします。マレーシア航空88便
とうちゃくびん　へんこう　　あんない　　　　　　　　　　こうくう　びん
のクアラルンプール発は、1時間20分遅れて、8時15分に到着。12
はつ　　じかん　ぷんおく　　　　じ　ぶんとうちゃく
時20分が定刻のノースウエスト28便マニラ発は、40分早く、11時
じ　ぶん　ていこく　　　　　　　　びん　　はつ　　ぷんはや　　　じ
40分に到着。ユナイテッド航空827便ホノルル発は、1時間15分遅
ぷん　とうちゃく　　　　　　こうくう　びん　　　はつ　じかん　ぷんおく
れて15時ちょうどに到着の予定です。
じ　　　　　とうちゃく　よてい

12時20分に着くはずの飛行機は、どうなりますか。
じ　ぷん　つ　　　　ひこうき

3番
ばん

CD1
55

こたえ：1

テレビの地震情報です。東京について、正しいものはどれですか。
じしんじょうほう　　とうきょう　　　ただ

アナウンサー： ただ今、関東地方で地震がありました。震源は茨城で、震度4、マグ
いま　かんとうちほう　じしん　　　　　　しんげん　いばらき　しんど
ニチュード4.5、千葉、埼玉、東京は震度3です。この地震による津
ちば　さいたま　とうきょう　しんど　　　　　　じしん　　つ
波の心配はありません。
なみ　しんぱい

東京について、正しいものはどれですか。
とうきょう　　　ただ

1　震度は3である
しんど
2　震度は4である
しんど
3　震度は4.5である
しんど
4　津波の心配がある
つなみ　しんぱい

(※1)　3連休＝3日間続く休み
れんきゅう　みっかかんつづ　やす

(※2)　〜から〜にかけて：從〜到〜　from ... to

3 学校で

(p.45)

	こたえ	スクリプト
1番 CD1 56	**1**	図書館のカウンターで話しています。学生の探している本は、どこにありますか。 学生：　すみません、この本はどこにありますか。インターネットで調べて、あることはわかったんですが…。この番号のところ探しても見つからなくて…。810の…。 図書館の人：えーっと…ああ、これは指定図書ですね。 学生：　え？ 図書館の人：授業で使う本ですね。 学生：　はいはい、そうです。 図書館の人：そういう本は別のところにあるんです。今、ここにいますね。…で、ここです。 学生：　あ、わかりました。ありがとうございました。 学生の探している本は、どこにありますか。
2番 CD1 57	**4**	留学生が、日本語学校の受付で話しています。この学生は、どのようにお金を払う予定ですか。 受付：入学手続きですね。入学金と授業料で… ヤン：あ、すみませんが、毎月払ってもいいですか。それか、半分とか。 受付：いえ、それはできないことになっているんです。 ヤン：できない…ですか。 受付：はい。6か月コースの授業料を全部と、入学金と。教材費は最初の授業の日でもかまいません。 ヤン：きょうざいひ…あ、本の…。わかりました。でも、今日はそんなに持っていないんです。 受付：クラスが始まる1週間前までなら、いいですよ。えーっと、24日までですね。 ヤン：わかりました。明日持ってきます。入学金は、今日払います。本のお金は、最初の授業のときに…。 この学生は、どのようにお金を払う予定ですか。

3番
ばん

CD1
58

2

先生が、教室で説明しています。
せんせい　　きょうしつ　せつめい

先生：月・水・金は、この教科書を使います。必ず予習をしてきてください。文法の
せんせい　げっ　すい　きん　　　　　きょうかしょ　つか　　　　かなら　よしゅう　　　　　　　　　　　　ぶんぽう
説明を読んでくること。それと、新しいことばを覚えてくること。新しい課を
せつめい　よ　　　　　　　　　　　　　　　　あたら　　　　　　　　おぼ　　　　　　　あたら　　か
勉強する前に、その課の単語の小さいテストをします。授業の最初にします。
べんきょう　まえ　　　　　か　たんご　ちい　　　　　　　　　　　じゅぎょう　さいしょ
あとで受けることはできませんから、授業には、遅れないようにしてください。
う　　　　　　　　　　　　　　　　　じゅぎょう　　　　おく

先生は、何について説明しましたか。
せんせい　なに　　　　　せつめい
1　教科書の注文の仕方について
きょうかしょ　ちゅうもん　しかた
2　予習の仕方や単語テストについて
よしゅう　しかた　たんご
3　月・水・金以外の授業について
げっ　すい　きんいがい　じゅぎょう
4　出席、宿題、試験と成績について
しゅっせき　しゅくだい　しけん　せいせき

4　職場で
しょくば
(p.47)

	こたえ	スクリプト
1番 ばん CD1 59	**3**	女の人が会社に電話しています。女の人に届いたファックスはどれですか。 女：もしもし。あ、課長、木村です。今、ヤマダ工務店(※1)さんのほう終わったところです。 男：お疲れさま。 女：それで、遅くなってしまいましたので、社には戻らず、このまま帰らせていただいてよろしいでしょうか。 男：うん、いいよ。あ、ちょっと待って。ファックス来てるけど、いいの？ 女：あ、ヒガシ印刷(※1)さんからの見積書(※2)ですか？ 男：いや、東京デザイン(※1)の伊藤さんだって。 女：あ、地図ですね、来週の打ち合わせ(※3)の。すみません、机の上に置いておいてください。 女の人に届いたファックスはどれですか。
2番 ばん CD1 60	**3**	電話で話しています。女の人は、大山さんに何と伝えますか。 男：日本通信(※1)の小川と申しますが、大山様はいらっしゃいますでしょうか。 女：お世話になっております。あいにく大山は、ただ今接客中(※4)で…。終わり次第、こちらからお電話させましょうか。 男：あ、いえ。お見積書を郵送させていただいたとだけお伝えください。 女の人は、大山さんに何と伝えますか。
3番 ばん CD1 61	**4**	留守番電話のメッセージを聞いてください。メッセージを聞いた人は、どうすればいいですか。 男：あ、もしもし、鈴木様の携帯でしょうか。私、ABCリース(※1)の森田と申します。昨日メールでご依頼のありました、ファックスの交換の件で、お電話いたしましたが、またのちほど、お電話させていただきます。失礼いたします。 メッセージを聞いた人は、どうすればいいですか。 1　相手からのファックスを待つ 2　相手に電話をかけなければならない 3　相手にメールをしなければならない 4　相手から電話がかかるのを待つ

(※1)　ヤマダ工務店　ヒガシ印刷　東京デザイン　日本通信　ABCリース：会社の名前
こうむてん　　いんさつ　　とうきょう　　にほんつうしん　　　　　　　　　　かいしゃ　なまえ

(※2)　見積書：報價單　estimate, price quotation
みつもりしょ

(※3)　打ち合わせ：磋商　meeting (with a customer, colleague)　　(※4)　接客する：接待客人　to meet a visitor
う　あ　　　　　　　　　　　　　　　　　　　　　　　　　　　　せっきゃく

5　病院・いろいろな店で　(p.49)

	こたえ	スクリプト

1番

4

男の人が店の人と話しています。男の人は、何を注文しましたか。

女：いらっしゃいませ、こんにちは。こちらでお召し上がりですか、お持ち帰りですか。

男：あ、ここで。

女：こちら、メニューでございます。ただ今、新商品のチキンバーガーセットがお得になっております。

男：あ、チーズバーガーとコーヒー。

女：チーズバーガーがお1つ、コーヒーがお1つ。コーヒーはアイスとホットがございますが。

男：ホット。

女：はい、かしこまりました。ご一緒に、フライドポテトはいかがでしょうか。

男：いえ、いいです。

女：では、お先にお会計失礼します。消費税(※)込みで、390円でございます。…ありがとうございました。ごゆっくりお召し上がりください。

男の人は、何を注文しましたか。

2番
CD1
63

3

男の人が看護師と話しています。看護師の説明と合うものはどれですか。

女：じゃあ、明日は胃の検査ですからね、朝10時に来てください。今夜9時からは、食べたり飲んだりしないように。

男：え、今夜からもう、食べられないんですか。

女：つらいわねえ。今日はもう早く寝ちゃったら？

男：お茶ならいいですか。

女：お茶も水も飲んじゃいけませんよ。

看護師の説明と合うものはどれですか。

（※）消費税：消費税　consumption tax, sales tax

3番 ばん CD1 64	**1**	男の人がＤＶＤを借りようとしています。男の人は、いつＤＶＤを返す予定ですか。 おとこ ひと ディーブイディー か　　　おとこ ひと　　　ディーブイディー かえ よてい 女：新作が１枚、こちらのご利用は（※1）… おんな しんさく まい　　　　　　りよう 男：あ、それ、新作かぁ、いくらですか。 おとこ　　　　　しんさく 女：当日ですと、旧作と同じ350円ですが、明日のご返却は400円、あさってが500 おんな とうじつ　　　きゅうさく おな　　　えん　　　　あす　　へんきゃく　　えん 　　円と、100円増しになっていきますが…（※2）。 えん　　えんま 男：そうなんだぁ、じゃ、明日…あ、だめだ、明日は来られないな。あさって…あさ おとこ　　　　　　あした　　　　　　あした こ 　　ってだと高いなぁ…やっぱり、今日持ってきます。こっちは、１泊でも１週間でも、 たか　　　　　きょう も　　　　　　　　　はく　　しゅうかん 　　同じだったよね？ おな 女：はい。では、こちらの３枚は１週間、新作のほうは当日でよろしいですか。 おんな　　　　　　　　　まい しゅうかん しんさく　　　とうじつ 男：はい。 おとこ 女：では、ＤＶＤ４枚に消費税で、1470円でございます。ありがとうございました。 おんな　　ディーブイディー まい しょうぜい　　えん **男の人は、いつＤＶＤを返す予定ですか。** おとこ ひと　　　ディーブイディー かえ よてい １　１枚は今日、３枚は１週間以内に返す まい きょう まい しゅうかんいない かえ ２　１枚は明日、３枚はあさって返す まい あす まい　　　かえ ３　３枚は今日、１枚は１週間以内に返す まい きょう まい しゅうかんいない かえ ４　４枚とも１週間以内に返す まい　　しゅうかんいない かえ

（※1）　ご利用は：いつまで利用しますか＝いつまで借りますか
りよう　　　　　　りよう　　　　　　　か

（※2）　100円増しになっていく＝100円ずつ高くなる
えんま　　　　　　　　えん　　たか

6　まとめ問題
もんだい
(p.50～52)

問題Ⅰ
(p.50)

	こたえ	スクリプト
1番 ばん 	**2**	電車の中のアナウンスです。アナウンスになかったものはどれですか。なかったものです。 女：毎度ご利用くださいまして、ありがとうございます。お客様に、車内のご案内を申し上げます。この電車は、6両編成※で、前から1号車、2号車、3号車の順になっております。お手洗いは、1号車、3号車、5号車に、お飲み物の自動販売機は4号車にございます。なお、全席禁煙となっております。おたばこは、6号車の喫煙室をご利用ください。 アナウンスになかったものはどれですか。
2番 ばん 	**2**	デパートのアナウンスです。お客さんは、どうすればいいですか。 アナウンス：お客様にお知らせいたします。ただ今、地震が発生いたしましたが、この建物は、安全です。安心して、お買い物をお楽しみください。 お客さんは、どうすればいいですか。
3番 ばん CD1 67	**1**	天気予報が聞こえてきました。関東地方山沿いでは、何に注意が必要ですか。 アナウンサー：今日は西日本は曇りですが、九州、沖縄、北海道は晴れ、関東から北は、午前中曇り、朝のうち、弱い雨のところもありますが、午後から晴れるでしょう。関東地方、午後は、山沿いを中心に雷をともなった激しい雨が降るところがあります。また、海にお出かけの方は、波がやや高くなりますので、ご注意ください。昨日、大雨の降った新潟、三重も、今日は曇り、明日からは晴れるでしょう。沖縄地方、台風9号が近づいています。海沿いでは、夜には波や風が強くなるでしょう。 関東地方山沿いでは、何に注意が必要ですか。

（※）6両編成：6節車廂　six-car train
りょうへんせい

	こたえ	スクリプト

1番
CD1 68

4

男の人が病院で検査を受けています。男の人は、これから何をしますか。

看護師：血液検査は…

男　：あ、わかります、前に行ったから。…でも、レントゲンは初めてだから…。

看護師：じゃあ、これ、案内図です。ここをこう行って…ここね。

男　：ああ、はいはい。わかりました。

看護師：レントゲン撮ったら写真もらって、もう一度ここに戻ってきてください。先生から説明がありますから。

男　：わかりました。

男の人は、これから何をしますか。

2番
CD1 69

1

留守番電話のメッセージを聞いています。これを聞いた人は、どうすればいいですか。

男　：みどり図書館です。予約されていた本のご用意ができました。お取り置き※は、1週間となっておりますので、来週の火曜日までにご来館ください。

これを聞いた人は、どうすればいいですか。

3番
CD1 70

3

男の人と女の人が何かを見ながら話しています。男の人は、どうして困っているのですか。

男　：あ、ちょっと、すみません。これ、何ですか。

女　：どれ？　あ、この日までにこれ持って、ここ行かないと。え、今日じゃないの？

男　：レンタルショップ？

女　：そうそう、今日で切れちゃうからね。手続きしないと借りられなくなるの。

男　：無料って書いてありますよね。

女　：ああ、それは手続きしたら、DVD1枚か、CD1枚が無料になるんだって。手続きには300円必要みたいよ。

男　：今日はちょっと…。

女　：私が行ってきてあげようか…あ、だめだ、本人って書いてある。

男　：困ったなあ…。

男の人は、どうして困っているのですか。

（※）お取り置き：保留　to be held on reserve, to be set aside

第三章

	こたえ	スクリプト

1番
CD1 71

1

先生と学生が話しています。

男：あ、先生、すみません、遅くなって。電車が止まっちゃったんです。

女：ええ、中央線でしょ？ 聞きました。

男：地震があったとか言ってましたけど…。

女：え？ 地震じゃないでしょ？

男：でも、じしんじこ…地震で、事故？

女：ああ、地震じゃなくて、人身事故(※1)でしょ。だれかがホームから落ちたそうですよ。

学生は、なぜ遅刻しましたか。

1　電車の人身事故のため

2　電車が地震で止まったため

3　電車でけがをしてしまったため

4　人身事故を地震と間違えたため

2番
CD1 72

2

男の人と女の人が電話で話しています。

女：はい、今田電気(※2)でございます。

男：高木だけど。

女：あ、課長、おはようございます。どうかなさったんですか。

男：子どもが熱出しちゃって、ちょっと病院連れていかなきゃいけないんだ。

女：あら、奥さまは？

男：今日の午後帰ってくるんだけど、家内のお父さんが病気で京都へ帰ってて…。

女：大変ですね。

男：て、午後から出るからって、部長に…よろしく。

女：わかりました。お伝えします。

女の人は、部長に何と言いますか。

1　高木さんは午後から病院へ行く

2　高木さんは午前中休む

3　高木さんは今日来られない

4　高木さんは京都へ帰っている

（※1）人身事故：傷亡事故　accident (involving personal injury or death)

（※2）今田電気：会社の名前

1 人や物のようす

(p.55)

	こたえ	スクリプト

1番

3

男の人と女の人が写真を見ながら話しています。女の人のお母さんはどの人ですか。

男：この人、君のお母さんだよね。なんだかイメージが違うね。やせた？
女：ダイエットもしたみたいだけど、最近メガネを変えたのよ。メガネが小さいと、老けて見えるんじゃないかって言って…。白髪も染めて、花柄の派手な服ばかり選んで、お母さん、年を取ってきたことを、かなり気にしているのよねえ。
男：若く見えるし、いいんじゃない？

女の人のお母さんはどの人ですか。

2番

3

女の人が男の人の家に行きました。男の人の家にあるソファーはどれですか。

女：ソファー、新しいの買ったの？　かっこいい。高かったてしょう。
男：いや、中古だからそれほどでもなかったよ。
女：えー、新品じゃないのー？　りっぱ(※1)だし、落ち着いたいい色(※2)じゃない。黒に見えるけど、濃いブルーの柄よね。
男：うん、ブルーだよ。でも、ぼくは本当は無地で白っぽいのがほしかったんだけどね。

男の人の家にあるソファーはどれですか。

3番

1

男の人がセーターを選んでいます。男の人が気に入ったものはどうでしたか。

男　：ねえ、これでもう少し大きいのはないの？
店員：それはフリーサイズになっておりますので、ワンサイズしかないのですが…。
男　：あ、そう…。
店員：あの、こちらのでしたら、ＬＬまでサイズがありますが…。
男　：それかー、デザインがあんまり…それにこの色が気に入ったんだけど。
店員：そうですねえ、その色があるのは、そのタイプだけになっておりますので…。
男　：うーん、じゃ、いいや。また、今度にします。

男の人が気に入ったものはどうでしたか。
1　小さすぎた
2　大きすぎた
3　好きな色がなかった
4　フリーサイズではなかった

（※1）　りっぱな：漂亮的　nice, good looking, fine

（※2）　落ち着いた色：穩重的顔色　cool, soothing color (not flashy)

2　場所・方向・位置

(p.57)

	こたえ	スクリプト
1番	**4**	女の人が電話で男の人と話しています。男の人の家は、どこですか。 女：もしもし、今駅に着きました。 男：あ、そう。じゃ、駅前の道をまっすぐ行ってね、突き当たり(※1)を右に曲がって。 女：はい、突き当たりを右ですね。 男：そう。それから2つ目の信号の少し手前に道があるんだけど、そこを左に入って。それからね、曲がって少し行ったところに、左にコンビニがあるんだけど、その向かいが、ぼくの家なんだ。2つ目の信号の手前の道を左だからね。間違えないようにね。 女：わかりました。あのう、何分くらいかかりますか。 男：だいたい、5分ぐらいかな。 男の人の家は、どこですか。
2番	**3**	男の人と女の人が話しています。男の人の買った本は、どこにありますか。 男：ちょっと、この間買った本、どこにある？ 女：本棚にしまったけど、確か、上から2段目、右のほう。 男：上から2段目ね…。 女：あ、左のほうかもー。 男：左のほうね…ないよ…あ、あった！　もう1段下じゃないかー。 男の人の買った本は、どこにありますか。
3番	**4**	会社で、仕事が終わりました。みんなで行く居酒屋は、どこにありますか。 男：さあ、仕事も終わったし、久しぶりに飲みに行こうか。花屋のとなりにできた居酒屋(※2)にしようか。 女：花屋のとなり？　え？　どこですか。 男：えーっと、100円ショップの向かいの。ほら、花屋と本屋の間に新しくできた居酒屋だよ。 女：ああ、わかりましたーー。前はイタリアンレストランだったところですね。あのー、私、ちょっと、電話するところがありますから、皆さん先に行ってください。 男：了解。じゃ、みんな、行くぞー。 みんなで行く居酒屋は、どこにありますか。 　1　イタリアンレストランの向かい　　2　100円ショップのとなり 　3　花屋の向かい　　　　　　　　　　4　本屋のとなり

(※1)　突き当たり：盡頭　at the end of (the street, hall)

(※2)　居酒屋：小酒館　traditional Japanese style pub

3 数・数字・計算
かず　すうじ　けいさん

(p.59)

	こたえ	スクリプト

1番
ばん

4

男の人と女の人が話しています。男の人は、いつまた女の人を訪ねますか。
おとこ ひと おんな ひと はな　　　　　　　　 おとこ ひと　　　　　 おんな ひと たず

男：ではもう一度お伺いしますが、いつがよろしいですか。
おとこ　　　　いちど うかが

女：えーっとね、月末は忙しいから、来月に入ってからなら。
おんな　　　　げつまつ いそが　　　 らいげつ はい

男：そうですか。では、来月の8日はどうでしょうか。
おとこ　　　　　　　 らいげつ ようか

女：8日ね…。あ、だめだわ。その日は予定が入ってるの。1週間、先にしてくれる？
おんな ようか　　　　　　　　　　 ひ よてい はい　　　　 しゅうかん さき

男：わかりました。じゃぁ…
おとこ

男の人は、いつまた女の人を訪ねますか。
おとこ ひと　　　　　 おんな ひと たず

2番
ばん

4

女の人が話しています。この人の今の体重は、何キロですか。
おんな ひと はな　　　　　 ひと いま たいじゅう なん

女：ダイエットしてたのに、この休み中に3キロも太っちゃった。50キロまであと1
おんな　　　　　　　　　　　　　 やす ちゅう　　　　 ふと

キロだったのにー。あーあ、難しいよね、ダイエットって。
むずか

この人の今の体重は、何キロですか。
ひと いま たいじゅう なん

3番
ばん

2

男の人と女の人が話しています。全部で何人来ますか。
おとこ ひと おんな ひと はな　　　　　 ぜんぶ なんにんき

女：あのー、今日、全部で何人来るんでしょうか。
おんな　　　　 きょう ぜんぶ なんにんく

男：えーと、15人の予定だったけど、今朝1人来られないって言ってたから、1人引
おとこ　　　　　 にん よてい　　　　　　 けさ ひとりこ　　　　　 い　　　　　　　 ひとりひ

いて…。

女：あのー、昨日確か、1人増えるっておっしゃってましたよね。
おんな　　　　 きのうたし　 ひとりふ

男：そう、林さんね、数に入ってるよ。
おとこ　　　　 はやし　　　 かず はい

全部で何人来ますか。
ぜんぶ なんにんき

1　13人
　　にん

2　14人
　　にん

3　15人
　　にん

4　16人
　　にん

4 順序・比較
じゅんじょ　ひかく

(p.61)

	こたえ	スクリプト

1番
ばん

CD2
11

こたえ 1

学生がテストの結果について話しています。テストの結果はどれですか。
がくせい　　　　　けっか　　　　はな　　　　　　　　　　けっか

女：この間、学校でテストがあったでしょ。結果、どうだった？
おんな　　あいだ　がっこう　　　　　　　　　　けっか

男：ひどかった。全然勉強しなかったから。
おとこ　　　　　　ぜんぜんべんきょう

女：でも、漢字は得意だから、漢字のテストはよかったんじゃない？
おんな　　　かんじ　とくい　　　　　かんじ

男：まあ、これもひどかったよ。とにかく、文法が一番悪かった。聞くテストのほう
おとこ　　　　　　　　　　　　　　　　　ぶんぽう　いちばんわる

は、思ったほど悪くなかったんだ。でも、もちろん、漢字よりは点数は低いけど
おも　　　　わる　　　　　　　　　　　　　　　　　　かんじ　　てんすう　ひく

ね。

女：そう、じゃあ、次のテストのために、文法をしっかり勉強しないと。
おんな　　　　　　　つぎ　　　　　　　　　ぶんぽう　　　　　べんきょう

男：そうなんだ。今度こそ、がんばらないと。
おとこ　　　　　　　こんど

テストの結果はどれですか。
けっか

2番
ばん

CD2
12

2

男の人と女の人が話しています。2人は、映画に行く前にどこに行きますか。
おとこ　ひと　おんな　ひと　はな　　　　　　ふたり　　えいが　い　まえ　　　　　い

女：悪いけど、映画に行く前に、郵便局に寄ってくれない？　このはがき、出したい
おんな　わる　　　　　えいが　い　まえ　ゆうびんきょく　よ　　　　　　　　　　　　　　だ

の。あ、お金も下ろさなくちゃ。郵便局のあと、銀行にも寄って。
かね　お　　　　　　　　ゆうびんきょく　　　　ぎんこう　　よ

男：えー？　そんなに寄ってる時間ないよ。駅前のコンビニでいいんじゃないの？
おとこ　　　　　　　　よ　　　じかん　　　　えきまえ

ポストあるし、ＡＴＭ（※1）もあるだろ？
エーティーエム

女：あ、そうね。
おんな

2人は、映画に行く前にどこに行きますか。
ふたり　　えいが　い　まえ　　　　　　い

3番
ばん

CD2
13

3

会社で、男の人が女の社員に会議のことで話しています。女の社員は、このあとま
かいしゃ　おとこ　ひと　おんな　しゃいん　かいぎ　　　　　はな　　　　　　おんな　しゃいん

ず何をしますか。
なに

男：これ、午後の会議で使うから、10部ずつコピーしといて。その前に、文字とかの
おとこ　　　　ごご　かいぎ　つか　　　　　ぶ　　　　　　　　　　まえ　もじ

間違いがないか、見直しといて（※2）くれるかな。それから、始まりの時間が、30
まちが　　　　　　みなお　　　　　　　　　　　　　　　　　　はじ　　じかん

分遅くなったこと、全員に連絡入れてくれたよね？
ぶんおそ　　　　　　ぜんいん　れんらくい

女：はい、入れておきました。
おんな　　　い

女の社員は、このあとまず何をしますか。
おんな　しゃいん　　　　　　　なに

1　会議に出席する
かいぎ　しゅっせき

2　書類をコピーする
しょるい

3　書類のチェックをする
しょるい

4　時間が変わったことを連絡する
じかん　か　　　　　　　れんらく

（※1）　ＡＴＭ：自動提款機　ATM (automated teller machine)
エーティーエム

（※2）　見直す：重看　to look over/review (and check for mistakes, problems)
みなお

5　まとめ問題

(p.62 ~ 64)

問題 I

(p.62)

	こたえ	スクリプト
1番 CD2 14	**2**	学校で、先生が今度のハイキングについて話しています。先生の指示どおりにしてきたのは、どの生徒ですか。 先生：当日は、スニーカーじゃなくてもかまいませんが、普段(※1)から慣れている歩きやすい靴をはいてきてください。バッグは、両手が空くような、肩や背中にかけられるものにしましょう。帽子は必要です。じゃ、今からバッジ(※2)を配ります。これは左胸(※3)に見えるようにつけてください。じゃ、時間には絶対に遅れないように。 先生の指示どおりにしてきたのは、どの生徒ですか。
2番 CD2 15	**1**	女の人が肉屋で買い物をしています。このあと、女の人はいくら払いますか。 女：すみませーん。100g 400円のすき焼き用の肉を、200g ください。 男：はい、200g ですね。お客さん、今日、1000円以上お買い上げの場合(※4)、10 ％引きですよ。 女：あ、そう。じゃあ、300 にしようかしら。 男：はい。300 だと、1080円になります。 女：えっと、ちょっと待って。300 はいらないから…、250g にするわ。それだとちょうど1000円よね。 このあと、女の人はいくら払いますか。
3番 CD2 16	**3**	男の人と女の人が、映画館の前で話しています。男の人は、これから何をしますか。 男：映画、始まるまでずいぶん時間があるね。コーヒーでも飲んでからにする？ 女：あ、私、ちょっと買いたいものがあるから、となりのデパート寄っていい？すぐ終わるから。 男：じゃあ、付き合うよ。…あーっ！ 大変だー！ これ、会社に置いてこないといけなかったんだ。すぐ戻ってくるから、買い物が終わったら、そこのコーヒーショップで待ってて。 女：えー！ んーもう、間に合うの？ 男：タクシーで行ってくる。地下鉄だと乗り換えが面倒だし。 女：だめだめ、道混んでて、かえって(※5)時間がかかるよ。 男：そうだね。乗り換えがあっても、そのほうが早いか。 男の人は、これから何をしますか。

(※1)　ふだん：平時　on a daily basis, normally

(※2)　バッジ：胸章　name tag, badge

(※3)　左胸：左胸　left breast, left chest

(※4)　お買い上げの場合＝買った場合

(※5)　かえって：反而　instead, but rather

第四章

	こたえ	スクリプト

1番

CD2 17

こたえ: 2

男の人が駅から女の人に電話をしています。女の人の家は、どこにありますか。

男：もしもし、あのー、今、駅に着きました。Ａ４出口の改札口を出たところです。すみません。道、忘れちゃって…。向かいがレストランだったということと、マンションの３階ということしか覚えていなくて…。

女：あ、そのレストラン、つぶれちゃったのよ（※1）。今、コンビニになっているの。とにかく、改札口を出たところの前の道を左に行ってね。１つ目の角を左に曲がって、100ｍほど行ったところ。右側５階建てのマンションよ。玄関で、３０１号室、呼び出してね（※2）。

男：はい、わかりました。

女の人の家は、どこにありますか。

2番
CD2 18

こたえ: 2

女の人が、父親からもらった財布について、母親と話しています。女の人は、どうしてその財布を使わないのですか。

母：あら、まだ古い財布を使っているの？ この間、お父さんにいいのを買ってもらったじゃない。

娘：うん、なんだか、もったいなくて（※3）。白いから、汚れちゃうんじゃないかと思うとね。それに、せっかく（※4）スマートな形なのに、いつも入れているものを入れちゃうと、厚くなっちゃってかっこ悪くなっちゃうと思うと…。それに、学生なのに、あんなに高い財布を持っていると、なんだか似合わない気がして。でも、使わないと、お父さん、気を悪くしちゃう（※5）かもね。

女の人は、どうして父親からもらった財布を使わないのですか。

（※1） つぶれる：倒閉 to go out of business, to fold (company)

（※2） 呼び出す：呼叫 to call someone (over the intercom, etc.)

（※3） もったいない：可惜 a waste, undeserving, too good for

（※4） せっかく：難得
         go through (all the trouble), to go out of the way (to do something nice for someone), even though (it's nice)

（※5） 気を悪くする：不高興 to offend, to hurt one's feelings

	こたえ	スクリプト
3番 (ばん) CD2 19	**3**	会社で、男の人と女の人が書類について話しています。女の人は、これから書類を （かいしゃ）（おとこ ひと）（おんな ひと）（しょるい）（はな）　　　　　（おんな ひと）　　　　　　（しょるい） どうしますか。 男 ： 山下さん、例の書類、みなみ商事(※1)の田中さんに送っといてくれた？ （おとこ）（やました）（れい）（しょるい）　　　　　（しょうじ）（たなか）（おく） 女 ： いいえ、間違いがあって、直すとかおっしゃっていたので、まだですが。 （おんな）　　　　（まちが）　　　　（なお） 男 ： あ、そうだったね。それを先にしないといけなかったんだ。明日までに送ると言 （おとこ）　　　　　　　　　　　　　　　　　　　　　　　　　（あした）　　（おく）（い） 　　　った んだけど、これから訂正してすぐに送ったら、間に合うかな。 　　　　　　　　　　　　　（ていせい）　　　　（おく）　（ま あ） 女 ： あのー、ついでがありますから(※2)、午後、みなみ商事にお届けしましょうか。 （おんな）　　　　　　　　　　　　　　　　（ご ご）　　　　（しょうじ）（とど） 男 ： あ、そう。悪いね。じゃ、今すぐ、やってしまうから、お願いするよ。 （おとこ）　　　　（わる）　　　　（いま）　　　　　　　　　　　　（ねが） 女 ： わかりました。では、田中さんに電話を入れておきます。 （おんな）　　　　　　　　　（たなか）　　（でんわ）（い） **女の人は、これから書類をどうしますか。** （おんな）（ひと）　　　　　（しょるい）

(※1)　みなみ商事：会社の名前
　　　　　　（しょうじ）（かいしゃ）（なまえ）

(※2)　ついでがある：剛好有機會
　　　　to have the time/opportunity to do something (while running errands or doing other work, etc.)

第四章

	こたえ	スクリプト

1番

1

留学生が、日本の気候について話しています。

女：私は、一年中暑い国から来ましたが、日本の夏のほうが、気温が低いのに、暑く感じられます。日本人の友達が、去年のほうがもっと暑かったって言っていますが、信じられません。私は、半年前に日本に来ましたが、そのときは、雪が降っていて、すごく寒かったです。日本は、寒いときと暑いときの差が激しいですね。でも、私は、そういう季節がはっきりしているところが、気に入っています。春の桜は、本当にきれいだったし、秋が来るのも楽しみです。

この留学生は、日本の気候のことをどう思っていますか。
1　季節がはっきりしているところが好きだ
2　自分の国より気温が高いのは信じられない
3　夏や冬は嫌だが、春と秋はいい
4　冬の寒さより、夏の暑さのほうが厳しい

2番

2

引っ越しをして、男の人と女の人が話しています。

女：ねえ、この本棚は、やっぱりここよね。
男：うん。そうだね。えーと、テレビは、ここに置いて…よいしょっ。
女：え？　角じゃないほうがいいんじゃない？　テレビ台もコーナー用じゃないし。
男：でも、電源（※1）がここだし、やっぱり角だよ。電話はどこに置く？
女：あなたの机の上でいいんじゃない？　電話はほとんどファックスにしか使っていないでしょ？　私はファックスはほとんど使わないし。ね、それより、やっぱりテレビ、こっちの壁側（※2）にしたほうがいいわよ。なんだか、見にくいし。
男：えー？　ここでいいよー。プリンターは、この棚の上でいいよね。このプリンター大きくて、机の上に置けないから。

男の人と女の人は、何について意見が合いませんか。
1　プリンターの大きさ
2　テレビの置き場所
3　電話の使い方
4　テレビ台の形

（※1）電源：電源　power outlet/socket (can also mean "power", "power supply", or "electricity")

（※2）壁側：靠牆　by/along/next to the wall

問題Ⅰ　(p.66 ～ 68)

	こたえ	スクリプト
1番 CD2 22	4	電車のホームで、男の人と女の人が話しています。洋子さんの弟は、どの子ですか。 女：あの子たち、ふざけていて(※1)危ないよね。あ、あの子、洋子の弟よ。 男：え？　どの子？ 女：ほら、あの、黄色いシャツの半そでの子。 男：ああ、傘さしてる子？(※2)　あー、危ない。 女：違う違う、かばんの取り合い(※3)をしている子よー。 洋子さんの弟は、どの子ですか。
2番 CD2 23	1	男の人と女の人が話しています。男の人は、明日何時ごろ家を出ますか。 女：明日の飛行機、何時？ 男：えーと、16時半出発。 女：国際線だから、2時間前には着いておかないとね。えーと、空港までここから2時間かかるとして… 男：そんなにかからないよ。今、電車、速いのがあるし。1時間半あれば十分だよ。 男の人は、明日何時ごろ家を出ますか。
3番 CD2 24	2	女の人と男の人が話しています。男の人は、このあと何をしますか。 女：もしもし、メール送ったんだけど、読んだ？　返事ないから…。 男：え？　知らない。シャワー浴びてたから…。あ、来てる…電車遅れたのか…。で、今どこ？ 女：駅に着いたとこ。バス、目の前で(※4)行っちゃって…。次のにするから…。 男：迎えに行こうか？ 女：いい、いい。それより、悪いけど、ご飯炊いて、お湯沸かしといてくれない？ 男：お湯はさっき沸かした。ご飯って、お米洗うの？ 女：ううん、炊飯器のスイッチ入れるだけ。ごめんねー、8時半には着くと思う。 男の人は、このあと何をしますか。

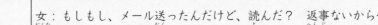

（※1）　ふざける：打鬧　to mess around, to goof off

（※2）　傘をさす：撐傘　with an umbrella (opened) / to open an umbrella / to have an umbrella (and walk with it opened)

（※3）　取り合い：搶奪　fight/wrestle over an object

（※4）　目の前：眼前　right in front of, before one's very eyes

	こたえ	スクリプト
4番 ばん CD2 25	**3**	動物園の窓口で、男の人が係の人と話しています。男の人は、いくら払いますか。 どうぶつえん まどぐち おとこ ひと かかり ひと はな おとこ ひと はら 男： 大人2人と子ども2人ですが、いくらになりますか。 おとこ おとなふたり こ ふたり 係の人：大人の方は、1人1000円になりますが、お子様はおいくつですか。 かかり ひと おとな かた ひとり えん こさま 男： 10歳と1歳です。 おとこ さい さい 係の人：お子様は、12歳までは500円で、3歳以下は無料になっておりますので。 かかり ひと こさま さい えん さいいか むりょう 男の人は、いくら払いますか。 おとこ ひと はら
5番 ばん CD2 26	**2**	母親から留守番電話にメッセージが入っていました。母親は、このあと何をしますか。 ははおや る すばんでんわ はい ははおや なに 母： もしもし、由美？ お母さんだけど。今日、バイトの帰りに、おばあちゃんのと はは ゆみ かあ きょう かえ ころに寄ってくれない？ 今ね、おばあちゃんから電話がかかってきて、りんご よ いま でんわ をたくさんもらったから取りに来いって。お母さん、さっきから調子が悪いから、 と こ かあ ちょうし わる これから、病院へ行ってこようと思って。おばあちゃん、明日は友達の家に行く びょういん い おも あした ともだち いえ い から、今日中にだって。お願いね。あ、行く前に、今から行くって電話してね。 きょうじゅう ねが い まえ いま い でんわ 母親は、このあと何をしますか。 ははおや なに
6番 ばん CD2 27	**3**	夫婦が話しています。2人は、これから何をしなければなりませんか。 ふうふ はな ふたり なに 妻： ねえ、これ、修理に出さないと(※1)。 つま しゅうり だ 夫： そうだねえ。自分ではできないからなあ。でも、修理に出すっていっても、買っ おっと じぶん しゅうり だ か たのは旅行先(※2)だったし…。買ったところか、メーカーに問い合わせないと(※3) りょこうさき か と あ いけないなあ。 妻： そうねえ…。レシート、もらわなかったのよね。店の名前も覚えていないし…。 つま みせ なまえ おぼ 2人は、これから何をしなければなりませんか。 ふたり なに

（※1） 修理に出す：送去修理 send off for repair, to have something fixed
しゅうり だ

（※2） 旅行先：旅遊目的地 vacation destination, holiday destination
りょこうさき

（※3） 問い合わせる：詢問 to inquire, to ask
と あ

	こたえ	スクリプト

1番

CD2 28

3

男の人と女の人が話しています。どうして見たい番組が録画できなかったのですか。

女：ねえ、何これ。

男：え？

女：これ、違う番組よ。

男：ちゃんと録画予約（※1）したんだけどなあ。

女：設定（※2）間違えたんじゃない？

男：今日の午前1時から1時半、7チャンネルだろ？

女：ええ？　昨日でしょ！　昨日の夜でしょ？

男：何言ってんだよ。夜中の1時ってことは、今日だよ。

女：あ、そうか。いいのね。じゃあ、どうして？

男：あ、これ、前の番組だよ。あー！　野球の試合のせいだ。延びたんだよ（※3）。だからだ。

女：あーあ。

どうして見たい番組が録画できなかったのですか。

2番
CD2 29

1

男の人と女の人が話しています。女の人はどうして怒っていますか。

女：最近、釣りにはまってるんだって（※4）？

男：うん、昨日もよく釣れて楽しかったよ。

女：じゃ、昨日の晩ご飯は、お刺身？

男：いや、ぼくは釣るだけなんだ。食べたりしないよ。かわいそうだろ。

女：えー！　何言ってるの！　どっちがかわいそうなのよ。ありがとうって言って食べてあげたらいいじゃない。逃がしてやっても（※5）、遊ばれたあとじゃ、弱って、すぐに死んじゃうわよ。逃がせばいいなんて考え方おかしいわよ。あなたにとって遊びでも、魚にとったら、生きるか死ぬかの戦いなのに、ひどい！

女の人はどうして怒っていますか。

（※1）　録画予約：預約錄影　to set the TV (recorder) to record a program

（※2）　設定：設定　setting(s)

（※3）　延びる：延遲　to run over time (TV show, sports match), to extend (schedule, allotted time)

（※4）　はまる：著迷　to be into something (activity, interest, etc.)

（※5）　逃がす：放跑　to let go, to let something escape/get away

	こたえ	スクリプト

3番

こたえ **2**

男の人と女の人が話しています。男の人は、どのような方法でお金を返しますか。

女：ねえ、この間のお金、いつ返してくれるの？

男：ごめん。来月から、少しずつ返そうと思ってたんだけど…。

女：ええ？　ボーナス出たんでしょ？

男：あ、いやー、ボーナス払いでいろいろ買っちゃったから…半分ならなんとか。

女：えーっ！　そんなの困るー。まとめて返してよー。

男：申し訳ない。残りは来月の給料日には必ず。

女：もう！　しょうがないなあ。じゃ、来月絶対よ。だれかに借りてでも返してよね。

男の人は、どのような方法でお金を返しますか。

4番

こたえ **3**

男の人が話しています。男の人は、電車で自分の座っている席の前にお年寄りが立ったとき、いつもどのようにしますか。

男：前は、よく眠ったふりをしていました（※1）。次の駅で降りるふりをして、他の車両に行ったこともありました。すぐに席をゆずりたいんです。でも、緊張してしまって、なんて声をかけようかとか（※2）、そのあとどうしようかとか、断られたら（※3）恥ずかしいとか、いろいろ考えているうちに、そのまま何もできなくて…。

男の人は、電車で自分の座っている席の前にお年寄りが立ったとき、いつもどのようにしますか。

5番

こたえ **4**

ホテルの受付で女の人が係の人と話しています。女の人は、どの部屋に泊まりますか。

男：お部屋は、8階の819号室で、こちらが鍵になっております。

女：あのー、これ、海側の部屋ですよね。

男：いいえ、あ、海側をご希望でしたか。

女：はい、予約するときに言ったんですけど…。

男：申し訳ございません。少々お待ちくださいませ。お調べします。…えーと、今、同じ階に１つ海側の部屋が空いていますが、洋室でして…。

女：和室のほうがいいんですけど、他は空いていないんですか。

男：申し訳ございません。和室は、6階に空いているところがあるのですが、あいにく山側でして…。

女：あ、そう…じゃ、しかたないわね。この部屋でいいです。

女の人は、どの部屋に泊まりますか。

（※1）　ふりをする：装作　to pretend, to act as if...

（※2）　声をかける：向對方開口　to speak to, to call out to

（※3）　断る：拒絕　to decline (an offer, request), to refuse

	こたえ	スクリプト
1番 ばん CD2 33	**1**	**店員と客が話しています。** てんいん きゃく はな 男：お決まりでしたら、お伺いいたしますが。 おとこ　き　　　　　　　うかが 女：あ、すみません、あとから１人来ることになってるんで、待ってもらえませんか。 おんな　　　　　　　　　　　ひとりく　　　　　　　　　　　　　ま 男：かしこまりました(※1)。 おとこ … 男：お水のおかわり(※2)はいかがですか。 おとこ　みず 女：すみません。 おんな 男：お連れ様、お見えになりませんね(※3)。何かお飲み物をお持ちしましょうか。 おとこ　つ　さま　　み　　　　　　　　　　　なに　　の　もの　　も **男の人は、何がしたいのですか。** おとこ ひと　なに 　１　女の人に何か注文してもらいたい 　　　おんな ひと なに ちゅうもん 　２　女の人に帰ってもらいたい 　　　おんな ひと かえ 　３　女の人にもう少し待ってもらいたい 　　　おんな ひと　　すこ ま 　４　女の人にお水を飲んでもらいたい 　　　おんな ひと みず の
2番 ばん CD2 34	**1**	**夫婦が話しています。** ふうふ はな 女：今度の土曜日、ゴルフ行くの？ おんな　こんど　どようび　　　い 男：そのつもりだけど…。 おとこ 女：天気、悪いんじゃない？ おんな　てんき わる 男：ちょっとぐらいなら平気だよ。 おとこ　　　　　　　　へいき 女：雨に濡れるのって、体に悪くない？　風邪ひいちゃうんじゃない？ おんな　あめ ぬ　　　　　からだ わる　　　　かぜ 男：え？　なんなの？　行っちゃいけないの？ おとこ　　　　　　　　い 女：そういうわけじゃないけど…。セールだって、今度の土曜日。ゴルフウエア(※4) おんな　　　　　　　　　　　　　　　　　　　こんど　どようび とか…。 男：なんだ…そういうことか。君の洋服とか靴とかね。はいはい、それは行かなく おとこ　　　　　　　　　　きみ ようふく　　くつ　　　　　　　　　　　　　い ちゃな。 女：やったー！ おんな **女の人は、男の人に何をさせたいのですか。** おんな ひと　おとこ ひと なに 　１　一緒にセールに行ってほしい 　　　いっしょ　　　い 　２　ゴルフウエアを買わせたい 　　　　　　　　　　か 　３　体を大切にしてほしい 　　　からだ たいせつ 　４　少しぐらいの雨ならゴルフをさせたい 　　　すこ　　　　　あめ

（※1）　かしこまりました：知道了　Understood/I understand. (polite expression of acknowledgement when responding to a superior, customer, etc.)

（※2）　おかわり：再來一份　to have seconds, to have another helping

（※3）　お見えになる：來　to arrive (polite expression used to indicate someone has arrived)
　　　　　み

（※4）　ゴルフウェア：高爾夫球衣　golf attire, golf apparel

3番

4

男の人が話しています。

男：最近、ネットなんかでゲームをしている人の中には、ゲームの世界で生きている
ような人がいますよね。そこで知り合った人と本当に結婚したりして…。ゲーム
の世界と現実の世界の区別がつかなくなっているようで、なんか怖いですね。ぼ
くも、ひまなときテレビゲームをしますが、ただ楽しむんです。仕事の関係で、
そのゲームがどんな風に作られているのかって考えたりすることがないこともな
いんですけど…。まあ、普通はただ何も考えずに、ひまつぶし※というか、おも
しろいからする、楽しむんです。そういうもんじゃないですか、ゲームって…。
遊びですよね。

男の人にとって、ゲームはどういうものですか。
1　人と知り合うためのもの
2　仕事に役立てるもの
3　現実と区別できないもの
4　遊びとして楽しむもの

（※）ひまつぶし：消磨時間　killing time

	こたえ	スクリプト
1番 ばん CD2 36	**3**	お客さんが帰ります。何と言いますか。 きゃく　かえ　　　　なん　い 　1　いらっしゃいませ。 　2　どうぞご遠慮なく。 　　　　　　えんりょ 　3　またお越しください。 　　　　　こ
2番 ばん CD2 37	**2**	タクシーで目的地の近くに着きました。何と言いますか。 　　　　もくてきち　ちか　　つ　　　　　なん　い 　1　その先の角で止めさせてください。 　　　　さき　かど　と 　2　その先の角で降ろしてください。 　　　　さき　かど　お 　3　その先の角で降りてくださいませんか。 　　　　さき　かど　お
3番 ばん CD2 38	**2**	全部は食べられません。何と言いますか。 ぜんぶ　た　　　　　　なん　い 　1　残ればよろしいですか。 　　　のこ 　2　残してもかまわないですか。 　　　のこ 　3　残ってよくないですか。 　　　のこ

第五章

	こたえ	スクリプト
1番 CD2 39	**1**	早くしないと、遅れちゃうよ。 1　ほんとだ、急がないと。 2　遅いと困るんだー。 3　急いでも早くならないよ。
2番 CD2 40	**2**	ご連絡先、お伺いしてもよろしいですか。 1　はい、電話でお願いいたします。 2　あ、名刺をお渡ししておきます。 3　住所も電話番号も知らされていないんです。
3番 CD2 41	**3**	お母さん、お元気? 1　うん、けっこうだよ。 2　うん、こちらこそ。 3　うん、おかげさまで。
4番 CD2 42	**2**	雨、降ってきたから、タクシーで行こうよ。 1　そうだね、傘さそうか。 2　そこだから、歩いて行こうよ。 3　でも、バスは混んでるよ。
5番 CD2 43	**1**	ごはん、できましたよー。 1　今、行きまーす。 2　まだ、いただきます。 3　ごちそうさまー。
6番 CD2 44	**3**	この書類、明日までに仕上げないといけませんか。 1　今日の、午後にしようか。 2　ああ、間に合わなかったね。 3　明日の会議に使うからね。
7番 CD2 45	**1**	遅くなってすみません。途中、事故にあって…。 1　よかったよー。間に合って。 2　大変なことをしましたね。 3　大したものじゃありませんよ。

イラスト	花色木綿
翻訳・翻訳校正	株式会社ラテックス・インターナショナル（英語）
ナレーション	沢田澄代　田丸楓　遠近孝一　山中一徳
録音・編集	スタジオ グラッド

本書原名－「『日本語能力試験 』対策　日本語総まとめＮ３　聴解」

新日本語能力試験対策　N3 聴解篇　　（附有聲 CD2 片）

2012 年（民 101）4 月 1 日　第 1 版　第 1 刷　發行
2016 年（民 105）7 月 1 日　第 1 版　第 3 刷　發行

定價 新台幣：240 元整

著　　　者	佐々木仁子・松本紀子
授　　　權	株式会社アスク出版
發 行 人	林 駿 煌
發 行 所	大新書局
地　　　址	台北市大安區(106)瑞安街256巷16號
電　　　話	(02)2707-3232・2707-3838・2755-2468
傳　　　真	(02)2701-1633・郵政劃撥：00173901
法律顧問	中新法律事務所　田俊賢律師
香港地區	香港聯合書刊物流有限公司
地　　　址	香港新界大埔汀麗路36號 中華商務印刷大廈3字樓
電　　　話	(852)2150-2100
傳　　　真	(852)2810-4201